伟大的思想

GREAT IDEAS

THE SYMPOSIUM

会饮篇

[古希腊] 柏拉图 著

孙平华 储春艳 译

中国出版集团

中译出版社

图书在版编目（CIP）数据

会饮篇 /（古希腊）柏拉图 (Plato) 著；孙平华，
储春艳译．— 北京：中译出版社，2019.10（2020.1 重印）
（伟大的思想）
ISBN 978-7-5001-6041-0

Ⅰ.①会… Ⅱ.①柏… ②孙… ③储… Ⅲ.①柏拉图
(Platon 前 427- 前 347) 一哲学思想 Ⅳ.① B502.232

中国版本图书馆 CIP 数据核字（2019）第 199628 号

（著作权合同登记：图字 01-2019-5438 号）

Penguin Books Ltd, Registered Offices: 80 Strand, London WC2R 0RL, England
www.penguin.com
This revised translation of *The Republic* first published in Penguin Classics 1987
This translation of *The Symposium* first published in Penguin Classics 1999
These extracts published in Penguin Books 2005

会饮篇

著　　者：（古希腊）柏拉图
译　　者：孙平华　储春艳
总 策 划：张高里
特约编辑：白　姗　赵　轩　　　责任编辑：刘香玲　王　梦
版式设计：索　迪　　　排　　版：北京竹页文化传媒有限公司
印　　刷：北京顶佳世纪印刷有限公司
经　　销：新华书店

出版发行：中译出版社
地　　址：北京市西城区车公庄大街甲 4 号物华大厦六层　100044
电　　话：(010)68359376,68359827（发行部）68359719（编辑部）
传　　真：(010)68357870
电子邮箱：book@ctph.com.cn
网　　址：http://www.ctph.com.cn

开　　本：760mm×950mm　1/32　　印　　张：4.125　字　　数：62 千字
版　　次：2019 年 10 月第 1 版　　印　　次：2020 年 1 月第 2 次
书　　号：ISBN 978-7-5001-6041-0　　定　　价：216.00 元（全 8 册）

中　译　出　版　社

“伟大的思想”中文版序

企鹅“伟大的思想”系列丛书自 2004 年开始陆续面世，在英国、美国和德国均有出版。在英国出版品种最多，已付梓八十种，尚有二十种计划出版。该丛书在全球众多读者间，尤其是学生当中，普及了哲学和政治学，销量已远超二百万册。中文版“伟大的思想”的推出，是该系列的又一延续和发展，令人欢欣鼓舞。

推出这套丛书旨在让读者再次与一些伟大的非小说类经典著作面对面地交流。长久以来，此类书籍的出版都建立在这样一个假设之上——此类著作供学生课堂学习之用，因此需辅以导读、详尽的注释及参考书目等。此类版本无疑十分有用，但我想，如果某一版本能够重建托马斯·潘恩的《常识》或约翰·罗斯金的《艺术与人生》初版时的环境，为读者与作者营造更为亲密无间的氛围，使读者除了原作者及其自身的思考外没有其他参照，也许会更有吸引力。

但是，这一做法亦存在严重缺陷：每位作者的表述难免有难解或不可解之处，一些重要的背景知识或许也有所缺失。例如，读者对亨利·梭罗创作时的情形毫无头绪，也不了解该书的反响及影响。不过，这样做的优点也显而易见，最为显著的便是作者的初衷又一次受到重视——托马斯·潘恩的愤怒、查尔斯·达尔文的灵光、塞内加的隐逸。他们给许多国家的众多读者带来的生活影响难以估量，有的影响甚至长达几个世纪，几乎没有什么比阅读这些作家更令人拍案叫绝的了。倘若没有亚当·斯密或阿图尔·叔本华，将无法想象我们今天的世界。这些小书创作年代久远，但其中的话语彻底改变了我们的政治学、经济学、精神世界、社会规划和宗教信仰。

“伟大的思想”系列一直求新求变，地域不同，收录的作家亦不同。一些作家在中国或美国更受欢迎，而英国版“伟大的思想”收录的一些作家在其他国家和地区则鲜有人知。称其为“伟大的思想”，我们亦是慎之又慎。这些思想之所以伟大，在于其影响深远，但这并不意味着这些思想都是“好”思想，实际上一些书或可列入“坏”思想之列。丛书中收录的很多作家受到同样收录于该丛书的其他作家的巨大影响，例如，马塞尔·普鲁斯特承认受约翰·罗斯金影响很大，米歇尔·德·蒙田也承认深受塞内加影响。但也有些作家彼此憎恶，若发现彼此都被收录于同一丛书，一定会深感苦恼。至于他们思想的或“好”或“坏”，读者可自行判明。我们衷心希望，您可以享受阅读这些著作的乐趣。

“伟大的思想”出版者

西蒙·温德尔

目录

译者导读

柏拉图（Plato，公元前427—前347），古希腊伟大的哲学家，也是全部西方哲学乃至整个西方文化最伟大的哲学家和思想家之一。柏拉图和他的老师苏格拉底以及他的学生亚里士多德被并称为古希腊三大哲学家。柏拉图是西方客观唯心主义的创始人，他的哲学体系博大精深，一生作品很多，写下了许多哲学对话录，并且后来在雅典创办了著名的书院。

《会饮篇》(或译作《飨宴篇》《宴话篇》）是柏拉图早期的一篇对话式作品，它描述了在一次宴会上，一群雅典男性对爱的本质的讨论。该作品以演讲和对话的形式写成，既有讽刺式的，也有认真的谈话。他们对话的大前提是（而且有些讲者更清楚说明），最高贵的爱是男人之间的爱。爱是对美的企盼，美貌、智慧和美德都被讨论。他们反对古希腊风俗中男人对少年的爱，说男人不应该在这些尚未了解基本美德，也未定型的少年身上下功夫，而更应该去爱一个男子并长相厮守，并强调两人间若只有美德与知识的交流最为崇高。柏拉图提出肉体的爱不如精神上对智慧和美德的爱，这就是著名的“柏拉图式的爱情”，这样的爱就是至善。在《会饮篇》里，柏拉图还描述了认识“美”的过程：从认识美的形体到美的道理、美的制度，等等，逐级上升，经过飞跃最后认识到美本身，即“美的相”。柏拉图又进一步描述了这种“相”的基本特征：它是永恒的，不生不灭的，绝对的，单一的，等等。

此书还收录了柏拉图著名的“洞穴寓言”，选自《理想国》。在《理想国》中，苏格拉底一开始提到了哲学家必须具备的各种素质，然后着重强调这些素质必须建立在学问的基础之上，最终则是建立在为善的学问基础之上。对苏格拉底来说它是善的本质。一些人认为善即快乐，或者认为善即学问。柏拉图简明扼要地驳斥了此类观点，却拒绝直接给出自己的看法，而是借用“洞穴寓言”来阐述他的观点，这是他首次详细解释唯心主义。

柏拉图还提到了太阳的比喻和分割线的比喻，柏拉图解释说，分割线比喻是太阳比喻的续篇，旨在进一步说明太阳比喻所涉及的现实中两种层次之间的关系。但它是从一个特定的角度来讲述的，即我们用来理解这两种层次或领域的心智状态。因此，这个线的目的主要也不是用来给事物分类。与可知领域相关的两种心智状态，都是与同种类型的东西（本质）打交道，尽管每种心智状态的处理方式各不相同；虽然在物质世界里，物质的东西与其自身的影子有区别，但这种差异主要用于阐明需要了解的东西当中存在的“真实”或真实性的程度——如果我们的学问仅局限于它的影子或影像，那么，我们对自身学问的东西了解就太有限了。就这个问题而言，就是仅仅局限于肤浅的外表了。

➛ 会饮篇

阿波罗多洛斯：实际上，我已经准备好回答你的问题了。前几天我碰巧要从我位于法勒鲁姆的家去城里，一个我认识的人从后面看见了我，大老远地叫我。他喊道（扯着嗓门用开玩笑的口吻）：

“嘿，从法勒鲁姆来的人！你！阿波罗多洛斯，能等我一下吗？”

我停了下来，等着他。

他说：“阿波罗多洛斯，我刚才一直在找你，想让你告诉我在阿伽松家举行的聚会上发生的故事。苏格拉底、亚西比德等人都参加了那次晚宴。他们在关于爱的发言中都说了什么？有个人从菲利普的儿子菲尼克斯那里了解了一些，我听他说了；但他说你也知道那次晚宴。他讲述的内容不够确切。请告诉我你知道的东西吧。苏格拉底是你的朋友，要复述他说的话，没有人比你更有权利了。不过，开始讲之前，”他补充说，“先告诉我：你当时在场吗？”

“你得到的肯定不是精准的复述，”我回答道，“你以为这次聚会是最近发生的，连我也参加了。”

“是的，我确实这样认为。”他说。

“你怎会这样认为呢，格老孔？阿伽松已经有很多年不在雅典住了，而我开始和苏格拉底交往，把追随他的一言一行当作我的职业，还不到三年时间，你难道不知道这些吗？那之前我经常漫无目的地闲逛。我自认为在做一些重要的事，但其实我当时处于最可悲的境地——就像你现在这样！——认为哲学是我最不应该做的事。”

“别取笑我，”他说，“告诉我这次聚会是什么时候举办的吧。”

“那时你和我都还是小孩子，”我说，“阿伽松的第一部悲剧得了奖。他和他的伙伴们举行了祭祀盛宴，庆祝他们的成功，聚会就发生在次日。”

“所以确实是很久以前的事了，”他说，“是谁告诉你这件事的，是苏格拉底自己吗？”

“当然不是了！”我说，“和告诉菲尼克斯的是同一个人，是居达塞奈乌姆一个叫阿里斯托得摩斯的矮个子，他总是光着脚走来走去。他当时参加了那次聚会，我想他是苏格拉底当时最狂热的崇拜者之一，不过，我后来就他告诉我的一些要点问了苏格拉底，他证实了阿里斯托得摩斯的说法。”

“来吧，”他说，“你把这些再给我讲一遍吧。在去城邦的路上，我们正好可以边走边说。”

于是我们一起走的时候就谈了这些，所以正如我一开始说的，我已经准备好了。如果需要给你讲一遍，我也会那样做的。实际上，每当我讨论哲学或听他人讨论哲学时，我都会得到极大的愉悦，更不用说从中受益了。但至于其他类的讨论，尤其是像你们这样的富商的谈话，我感到索然无味，为你和你的朋友感到可惜，因为你们自认为在做一些重要的事，其实不然。可能你觉得我是个失败者，不中用，我却认为你是自以为是。我不仅认为你是个失败者，而且我知道你就是。

朋友：你总是这样，阿波罗多洛斯。你总是贬低自己，贬低其他人。你似乎相信除了苏格拉底，其余所有的人都处于悲惨境地，首当其冲的就是你自己。我不知道你是怎么得到“软蛋”这个绰号的。你在说话时，总是现在这个样子，残酷地攻击你自己和所有人——只有苏格拉底除外。

阿波罗多洛斯：我亲爱的朋友，很明显，如果我对自己和你持有这种看法，我是不是在胡说八道？

朋友：阿波罗多洛斯，我们现在实在不值得为此争论。请按照我的请求，告诉我谈话的进展如何。

阿波罗多洛斯：好吧，差不多是这样的——但如果我从头开始讲的话会更好点儿，就像阿里斯托得摩斯做的那样。

他说他在路上遇到了苏格拉底，苏格拉底刚洗过澡，还穿上了鞋——他几乎从不这样做。他问苏格拉底穿戴这么整齐是要去哪里。

苏格拉底答道："去和阿伽松一起参加晚宴。昨天我没去他的得奖庆典，避开了人群；但我答应今天参加他的晚宴。因此我才打扮一番，这样我去美貌的人的家时也能看起来精神点儿。你呢？"他问道，"虽然你没受邀请，但是愿意和我参加晚宴吗？"

"你怎么说我就怎么做。"阿里斯托得摩斯答道。

"那么你就和我一起走吧，"苏格拉底说，"这样我们就可以证实谚语是错的，将它倒过来说：'每逢好人开宴，好人不请自来。'其实，荷马也借用过这条谚语，但他把它曲解了，并且几乎是用蔑视的态度对待它的。他笔下的阿伽门农是位异常优秀的战将，而墨涅拉俄斯是个‘软弱无能的枪兵’。但当阿伽门农祭祀并举办盛宴时，墨涅拉俄斯这个卑微的人不请自来地参加了优等人的盛宴，这样看来，就是让不太好的人赴好人的宴会了。”

阿里斯托得摩斯回答道：“但是恐怕我也符合荷马描述的情况，而不像你说的那个意思，苏格拉底，我是个卑微的人，不请自来地参加聪明者的盛宴。如果你要带我一起去，想想你该用什么借口；我不会承认我是不请自来的，我只能说是你邀请了我。”

“‘我们两个路上搭伴儿来的’，”他说，“这样说就行了。那么快走吧。”

阿里斯托得摩斯说，这段交谈之后，他们就出发了。但苏格拉底陷入了自己的沉思，他们一起走的时候总是落在后面。阿里斯托得摩斯也停下来时，苏格拉底就让他继续走。到达阿伽松家时，阿里斯托得摩斯发现门是开着的，并且遇到了一件很荒谬可笑的事情。家中的一位仆人看到了他，把他带进屋里，其他人都已落座，正准备用餐。阿伽松一看到他，就说：“阿里斯托得摩斯，你来得正好，和我们一起用餐吧！你要是为了别的事情而来，就先放一边。我昨天找你，要邀请你，但没找到你。苏格拉底呢——你为什么没带他一块儿来？”

他转身的时候（阿里斯托得摩斯说的），发现苏格拉底根本没跟在后面。他解释说是苏格拉底带他来的，他是受苏格拉底的邀请来参加晚宴的。

“很高兴你来了，”阿伽松说，“但是苏格拉底去哪儿了呢？”

“刚才他还在我后面。我不知道现在他在哪儿。”

“仆人，去看看，”阿伽松说，“把苏格拉底带到这儿来。阿里斯托得摩斯，请你挨着厄律克西马库坐。”

一个仆人帮阿里斯托得摩斯洗了手和脚，这样他就可以坐下了。另一个仆人过来说：“苏格拉底已经到这儿了；他退回到了邻居家的走廊里，一直站在那里，不肯进来，我请他进来也不行。”

“真奇怪，”阿伽松说，“你再去请他进来，别让他独自一人待着。”

“别，”阿里斯托得摩斯说，“随他去吧。这是他的习惯。有时他离开人群，走到哪儿，就站在那里不动了。我敢肯定他一会儿就过来。别打扰他，让他一个人待着吧。”

“好吧，如果你这样认为，那我们就这样做，”阿伽松说，“现在，仆人，给我们上菜吧。你们想上什么食物就上什么食物，没人监督你们——我从未这样做过。这一次，你们就把我及其他人当作你们晚宴的客人，要好好伺候，争取赢得我们的赞扬。”

接着他们就开始用餐了，但苏格拉底还没进来。阿伽松不停地说应该派人去叫苏格拉底，但阿里斯托得摩斯不让他这么做。实际上，苏格拉底不一会儿就来了（他没有像往常那样迟到很长时间），其他人用餐才刚用到了一半。阿伽松正好独自一人坐在末席，就说：“苏格拉底，过来坐在我旁边吧，这样靠近你，我就可以分享你在走廊中获得的智慧了。显然你已经找到了你要寻找的东西并且拥有它了；不然你不会来的。”

苏格拉底坐了下来，说：“阿伽松，如果智慧这种东西能像水一样，在双方彼此接触的时候从丰盈者流到匮乏者那里，通过一根毛线从满杯子流到空杯子中，该有多好啊。如果智慧真像这样，我把与你共坐当作莫大的荣耀。我希望用你丰富的美好智慧把自己填满。我的智慧无疑是肤浅的——更确切地说，是真是假说不清，就像梦一样——但你的智慧光辉灿烂，有巨大的发展潜力。在你还年轻的时候，你的智慧就大放异彩；前几天三万多在场的希腊同胞都见证了你的智慧。”

“你在嘲笑我，”阿伽松说，“稍后我们再争论智慧问题，让狄奥尼索斯做我们的评判员。不过现在你先把注意力放在用餐上吧。”

之后，阿里斯托得摩斯说，苏格拉底坐了下来，与其他人一起用餐。然后他们向神祭酒、唱颂神歌，进行了其他例行的礼仪，然后开始饮酒。鲍桑尼亚带了头，说了类似下面的话：“先生们，最愉快的饮酒方式是什么？我可以告诉你们，我由于昨天饮酒，今天的身体状况非常糟糕，需要多休息。我觉得你们中许多人也是这样，因为你们昨天也在场——所以想想我们应该怎样饮酒才最合适吧。”

阿里斯托芬说：“鲍桑尼亚，你说得对，我们得想办法喝得从容一些。我昨天也属于酩酊大醉之列。”

此后，阿库门努的儿子厄律克西马库说：“我赞同你的说法。但还有个人的意见我需要问问，看看他还能喝吗，那个人就是阿伽松。”

“我也绝对没有耐力再喝了。”他说。

“那我们就交了好运了——我是说，对于阿里斯托得摩斯、费德鲁斯及其他人来说——你们这些酒量最大的已经放弃了。我们永远抵不过你们。当然，我没有算苏格拉底：他可以喝也可以不喝，所以我们不管怎么做对他来说都行。既然大家没人热衷于大量饮酒，所以如果我说说醉酒是怎么回事，大概没人会觉得厌烦吧。从我的医疗经验来看，醉酒显然对人体有害。所以如果我可以随心所欲的话，我不愿意喝过头，我也不建议任何人喝过头，尤其是你还没从昨晚的宿醉中醒过来，头还昏昏沉沉时。”

这时费德鲁斯说话了：“我通常都听从你的建议，尤其是涉及医药方面的。如果其余的人都还理智的话，也该相信。”

听到这话，他们都同意不要把当前的场合弄成豪饮的局面，而是愿意喝多少就喝多少。

“好，”厄律克西马库说，“既然大家都同意愿意喝多少就喝多少，没有任何强迫与勉强，那我下一个提议是把刚进来的吹笛女打发走，让她们自吹自乐吧，或者如果她们愿意的话，吹给屋子里的女人听，我们今晚就以交谈来度过。要是你们同意的话，我想提议一个讨论的话题。”

大家都同意，让他提议。厄律克西马库说：“我以引用欧里庇得斯的《墨拉尼佩》开头：我将要讲的‘不是我自己的故事’，而是费德鲁斯的。他总是这样抱怨：‘厄律克西马库，诗人为其他的神谱写赞美诗和颂歌，但没人谱写过一首爱神的颂词，尽管他是位非常古老又非常重要的神，这岂不是很糟糕？

你看看最优秀的智者（例如，杰出的普罗迪库斯），他们为赫拉克勒斯还有其他的神写颂词。可能这也不足为奇；但有一次我发现一位聪明的作者写的书，由于盐的效用，他在其中对其大力赞美——你也能发现诸多类似的颂词。人们如此重视这类东西，但至今却无人有勇气歌颂爱神应得的赞歌，这岂不是很荒唐。他是位如此伟大的神，却被忽略到如此地步！’我认为费德鲁斯在这一点上说得很对。我想让他高兴，为这件事作出自己的贡献；同时现在似乎是在座各位赞美爱神的好时机。如果你们同意，我们不需要做其他事了，就进行讨论。我提议每人尽其所能作最出色的发言，赞美爱神，然后坐在他右边的人继续。费德鲁斯应该起头，因为他不仅坐在首席，而且是这个话题的发起人。”

“没人会反对你，厄律克西马库，”苏格拉底说，“我当然也不能拒绝，因为爱这个主题是我唯一可以声称懂得的。阿伽松和鲍桑尼亚不会；阿里斯托芬也不会，他的整个事业都集中在狄奥尼索斯和阿佛洛狄特上；在座的其他任何人也不会。当然，这种安排对于我们坐在末席的人不公平。但如果先说的人说了所要求说的，并且说得很好，那我们也就满足了。费德鲁斯起头，作他对爱神的颂词，祝你好运！”

其余人都同意，让费德鲁斯按苏格拉底说的做。当然，阿里斯托得摩斯没有记住所有发言者说的话，我也没记住他说的所有的话。不过我会告诉你那些他记得最清楚、我认为最重要的人的发言。

如我所说的，阿里斯托得摩斯告诉我是费德鲁斯先说，他是这样说的：爱神被人类及诸神认为是一位伟大且了不起的神，这表现在很多方面，尤其是他的出身方面。

“爱神受人们尊敬，”费德鲁斯说，“是因为他是最古老的一位神，古老就是一种荣誉，可以由这个事实来论证：爱神没有父母，散文或诗歌里也从未提到过他的父母。但与此相反，赫西奥德说首先存在的是一片混沌，‘然后是宽阔的大地，为一切事物提供了永久、安全的根基，然后就是爱。’阿里斯托得摩斯同意赫西奥德的说法，说混沌之后两样东西出现了，即大地和爱。关于他的出身，巴门尼德说‘她创造的第一位神即是爱神’。所以爱神的古老历史已广为人们接受。

“由于其古老历史，他是我们最大福祉的源泉。我会宣称，对于青年来说，没有什么比拥有一位钟爱自己的爱人更幸福了；对爱人来说，没有什么比一位好情郎更幸福了。不管是亲情、社会地位、财富，还是其他任何东西，在向那些想要过上好生活的人灌输毕生指导方面的东西时，没有一个比爱更有效。这原则是什么呢？这是一种厌恶丑陋、爱慕美好的意识在起作用。没有这些，没有任何人或任何城邦能获得伟大或高尚的事物。

“以一个处于热恋中的人为例，他被发现做了不光彩的事，或经历了某些可耻的事情，因为他受人凌辱而懦弱不敢反抗。我认为这种情况下，被他的情郎看见会比被他的父亲、朋友或其他任何人看见给他带来更多的痛苦。若是情郎的话，我们也会看到同样的情景：若他被发现处于某种可耻的情形中，他会在他的爱人面前感觉最无地自容。如果有机制能创建由爱人和情郎组成的城邦或军队，那就没有比这更好的社会组织形式了：他们会阻止一切不光彩的事，为彼此眼中的荣誉而竞争。即使一小部分这样的人并肩作战，也几乎可以打败整个人类。爱人在从战线退缩或丢弃自己的武器时，最不能容忍被他的情郎看到；相反，他宁愿死千百回。至于抛弃自己的情郎或没能在危险中帮助他——没人会如此懦弱，不能从爱中激发出勇气，与天生就很勇敢的人相匹敌。当荷马说一位神‘把力量吹进’一些英雄体内时，这是爱情对爱人才会产生的效果。

“而且，只有爱人才会愿意为对方而死；这对女人和男人都适用。希腊人能从珀利阿斯的女儿阿尔刻提斯身上找到这一事实的充分证据，她是唯一一个愿意替她丈夫去死的人，尽管他的父亲和母亲都还活着。她将爱付诸行动，展示出了超出父母的深切关爱，使他们看起来像自己儿子的陌生人一样，只是名义上的亲属罢了。诸神以及人类都把这看作是高尚的行为。尽管许多人表现出许多高尚的行为，尽管神只授予少数人将生命从冥界再还阳一次的特权，但他们将她从冥界放了出来，因为钦佩她的行为。这显示了即使神也多么珍视爱情激发出的承诺和勇气。

“但是他们把奥阿格罗斯之子奥尔甫斯两手空空地从冥界打发了出来；他们只给他看了他想要拥有的妻子的幻影，而没有给他这个女人本身。他们认为他很软弱（他只是个音乐家），因为他没有勇气像阿尔刻提斯那样为自己的爱人去死，而是在还活着的时候找到了进入冥界的方法。他们为此惩罚他，让他死在女人的手中。

“相反，他们钦佩忒提斯的儿子阿喀琉斯，把他送到极乐岛。他从母亲那里知道，如果他杀死赫克托耳，他自己也会死，但是如果他不杀死他，他就可以回家并长命百岁。他有勇气代表他的爱人作出选择并行动，替他报仇：他不仅为他而死，并且要和他一起死去，因为帕特洛克罗斯已经死了。这种行为赢得了诸神的特别敬佩和特殊赞誉，因为这显示了他多么珍视自己的爱人。当埃斯库罗斯在说阿喀琉斯是帕特洛克罗斯的爱人时，是在胡说八道：如荷马告诉我们的，他比帕特洛克罗斯更英俊（实际上，他是所有英雄中最英俊的），他还没有胡须，而且比帕特洛克罗斯年轻得多。尽管神给予爱情激发出的勇气特殊赞誉，但当一位情郎向自己的爱人展示出深切关爱时，与爱人对情郎这样做时相比，他们展示出更大的惊异和赞赏，也给予更慷慨的回应。爱人比情郎更像神，因为他受到了神灵的激发。这就是为什么他们给阿喀琉斯比阿尔刻提斯更高的荣誉，并把他送到极乐岛。

“这就是我为什么说爱神是最古老的神，最受人尊敬，在激发人们获得勇气和幸福方面最有效，不管是对生还是死来说都一样。”

按照阿里斯托得摩斯说的，费德鲁斯的发言大致是这样。费德鲁斯之后，有一些其他人的发言，阿里斯托得摩斯记不清了，所以他就略过了他们，接着说鲍桑尼亚的发言。鲍桑尼亚说：“费德鲁斯，我们仅仅被告知去赞美爱神，我认为我们没有作出明确规定。如果爱是单一的，那就没问题，但实际上它不是；由于它不是，那最好提前规定我们应该赞美哪种爱。我尽力把情况摆正，先说说我们应该赞美哪种爱，然后再给予诸神他应得的赞美。

“我们都知道阿佛洛狄特与爱神不可分开。如果只有一个阿佛洛狄特，那就只有一种爱；但由于有两类阿佛洛狄特，也就必须有两种爱。肯定有两类阿佛洛狄特吗？其中一个较年长，是乌拉诺斯的女儿，尽管她没有母亲：我们称她为乌拉诺斯或神圣的阿佛洛狄特。较年轻的一个是宙斯和狄俄涅的女儿：我们称她为凡间的阿佛洛狄特。因此结果就是，每一种爱，根据他是谁的伴侣，应该有与女神一样的名字，也称之为神圣的爱或凡间的爱。当然，所有的神都应该受到赞美，但我们必须尽力区分开这两个神的职能。

“每一种活动本身没有对错之分。就拿我们现在的活动为例：我们可以饮酒、唱歌或讨论。这些就其本身而言没有一种是对的；活动的性质取决于完成它的方式。如果做得适当，它就是对的；如果做得不当，它就是错的。所以并不是每一种爱和爱神都是对的，都值得赞美，只有那种激励我们以正确的方式去爱的才如此。

“凡间的爱是名副其实的‘凡俗’，效果方面没什么区别；这是下等人感受到的那种爱。这类人既受女人的吸引，也受少男的吸引，吸引他们的是肉体而不是灵魂。他们受到智力最低下的伴侣的吸引，因为他们的唯一目的是得到他们所想要的，而不关心这样做是否恰当。所以爱对他们的影响就是他们不加区别地行动：不管他们的行为是好是坏，对他们来说都一样。其原因就是，他们的爱源自更年轻的女神，由于她的出身，她本性上一部分是女的，一部分是男的。

“另一种爱源自神圣的女神，她体内没有一点儿女性的特质，完全是男性的；所以这种爱的对象是少男。这位女神也较年长，所以会避免滥用暴力。这就是为什么受这种爱激发的人倾向于男性，对本性更精力充沛和智慧的事物心怀喜爱。在受少男吸引的那一类人中，你们也可以区别那些纯粹受神圣的爱激励的人。他们只有在开始完成智力发育的时候才会受少男吸引，这通常会发生在他们开始长胡须的时候。我认为那些在这个时候开始恋爱的人做好了共度一生、终生相守的准备。他们不会利用少男的年幼无知哄骗他，引诱他，然后碰到另外合适的对象便喜新厌旧。

“甚至应该有针对与宠爱少男相关的法律，阻止他们将巨大的精力花费在结果不明的事情上。就少男而言，他们无论在心灵或身体上最终是好还是坏谁也无法预知。善良的人们为自己制定这条规则，并愿意这样做。应该强迫凡俗的爱的追随者采用同样的规则，就像我们尽自己最大努力强行阻止他们爱恋自由民妇女一样。这种凡俗的爱情使人们对爱情有了不好的印象，也给爱带来了不良声誉，以至于一些人竟然说满足爱人的要求是错的。人们这样说，是因为他们考虑的是这类人的卑鄙放荡的行为；当然，如果行为是以有条理的方式进行且符合通常的规范，就不会招致批评指责。

“其他城邦管理恋爱的规范都用了明确的语言进行规定，很容易被人领会。但在斯巴达这里却很复杂。在厄利斯和比奥夏，以及人们不擅长演讲的地方，有明确的规定，认为满足爱人的需求是对的，不管老少，没人会说那是错的。毫无疑问，这是因为他们不愿费尽心思通过劝说赢得少男，别忘了他们本来都是不够格的演说家。但在爱奥尼亚的许多地方以及波斯帝国的其他地方，规定恋爱是错的。在波斯，由于其残暴的政府，人们谴责他们，还谴责智力和体育活动。毫无疑问，在他们的政府中，人们不适合有伟大的思想或建立深厚的友谊和私人关系，这些都是通过这些活动，尤其是爱情促成的。在雅典，暴君通过自己的经验发现了这一点：亚里斯托杰顿的爱及哈尔摩狄奥斯互相爱慕的力量使他们的统治走向了终点。所以在有这样的基本规则（即满足爱人的需求是错误的）的地方，就可以将其归结为制定这条规则的人自身的缺陷：政府对权力的贪求和人民的懦弱。而在一些地方，认为这是完全正确的，那是因为规则的制定者头脑迟钝。

“在雅典，我们的规范比那些地方强得多；但正如我刚才说的，这些规范不太容易理解。据说公开地去爱比秘密地爱更好，尤其是你爱的是具有社会地位和良好品行的少男时，即使他们不是特别英俊。而且爱人从众人那里得到巨大的鼓舞，暗示他做的不是可耻的事；获取你想要的少男的心被认为是高尚的行为，而未能获取则被认为是可耻的。当爱人尽力抓获少男的心时，规范允许他因做非凡的事而赢得赞美。如果他胆敢在做这些事时有任何其他目的和意图，他将会受到强烈的谴责。

“比如说，一个人想从别人那里得到钱，或政治职务或其他某种势力，他就去做像爱人对待自己喜爱的少男那样的事情。想象一下，他会像个哀求者一样双膝跪地，乞求他想要的东西，发誓，整夜都待在人家的门阶上，准备好遭受任何仆人都不会做的奴性行为。他的朋友和仇敌都会阻止他这样做；他的敌人会批评他为了得到想要的东西而使自己蒙受耻辱，而他的朋友会责备他，并为他感到羞耻。但当爱人这样做时，规范就会纵容他并允许他逃避批评，意味着他的意图反而会得到赞扬。最值得注意的是，人们普遍认为神会宽恕的未能遵从誓言的唯一的人即是爱人。他们说，爱人的誓言根本不是誓言。所以，根据我们的规范，神以及人给予了爱人各种纵容。从这个观点来看，你会认为在这个城邦，成为爱人并热切地回应爱人是非常值得赞扬的事。

“另一方面，当少男吸引爱人时，他们的父亲会让仆人管束他们，明确规定不让少男与爱人交谈。少男的朋友和同龄人如果看到这样的事发生时就会谩骂他们，长辈也不去阻止这种谩骂，或责备他们这样说话。你们看到这种情况时，就会想，相比之下，在我们这个城邦里，恋爱会被认为是很丢人的事。

“我认为情况是这样的。这种事并不十分单纯；如我之前说的，恋爱本身没有对错之分，行为恰当时它即是对，行为不当时它即是错。以不当的方式满足坏人的需求即是错的，以恰当的方式满足好人的需求即是对的。在这一点上，卑鄙的对象即是上面提到的凡俗的爱人，他们爱肉体而不是灵魂。他所爱的东西不是恒定不变的，所以他的爱也不会始终如一：一旦肉体的花蕊（这正是吸引他的东西）凋谢，‘他就远走高飞，消失不见了’，毁掉他以前所有的誓言。但那些热爱良好品行的人终其一生都是恒定不变的，因为他们所爱的东西也是始终如一的。

“我们考验的目的是要充分地、以恰当的方式检验爱人，确保少男满足一种，而远离另一种。这就是为什么我们同时鼓励爱人去追逐少男，又鼓励少男躲避爱人。这是一种比赛，来检验爱人属于哪一类，少男属于哪一类。这就解释了为什么快速俘获内心被认为是错误的：就是为了确保时间起到干预作用，这被认为是检验多数事物的好方法。这也解释了为什么被爱人的金钱或政治权力俘获被认为是错误的。这种情况下，少男要么由于受虐待而害怕地屈从，要么可耻地享受金钱或政治成就的利益。这些东西没有一样被认为是稳定或永恒的，除了这样一个事实，即没有真正的感情能建立在这样的基础之上。

“根据我们的规则，只剩下一种方法，少男以这种方法满足他的爱人是正确的。我之前说过，爱人愿意忍受各种奴役且不算献媚也不受谴责。同样，根据我们的规则，只有一种自愿的奴役不受谴责：那种目的是要产生美德的奴役。我们的观点是，如果某个人愿意屈身为他人效劳，相信那个人会帮助他提升智慧或其他方面的美德，那么这种自愿的奴役并无不对，也不丢脸。

“这两条规则必须合二为一（一条规定对少男的爱，一条规定对智慧及其他美德的爱），才能创造出少男满足他的爱人无过错的条件。当爱人和情郎集合起来，每一方都遵守相应的规则时，这些条件就实现了：爱人完全可以为满足了自己需求的情郎做任何事，情郎也完全可以为使自己变得智慧和高尚的人做任何事。而且一般来说爱人必须能够增进情郎的理解力和品德，情郎必须想要获得教育和智慧。当所有这些条件都满足时，而且只有这时，情郎满足爱人的需求才是对的，而不是相反的情况。

“这种情况下，被欺骗也没什么错；但是，除此之外，爱就是错的，不管你是否被欺骗。假设一个少男认为他的爱人很富有，由于贪恋钱财就满足了他；如若结果证明这位爱人很贫穷，少男没得到任何钱，那他做的仍是错的。这类少男显示了他品性中的一些东西：他愿意为了挣钱为任何人效劳，而那是不对的。在同样的基础上，假设一位少男认为他的爱人是个好人，就满足了他，希望通过和他的爱人的交往使自己变得更好。如果结果证明这位爱人是个坏人，缺乏美德，这样被欺骗也没有耻辱。这类少男也显示了他品性中的一些东西：他为了获得美德、使自己变得更好，愿意为他人做任何事，没有什么动机比这更值得赞扬了。所以为了获得美德而满足爱人是完全正确的。这是属于神圣女神的神圣之爱，对城邦和个人来说都是巨大价值的来源，因为它迫使爱人和情郎重视自己的品德。其他形式的爱都来源于另一位一般的爱神。

"费德鲁斯，这就是我对爱的理解，"他说，"这是我在没准备的情况下能说的最好的了。"

当鲍桑尼亚停下来时（我是从专家那里学的这种拐弯抹角的说话技巧），阿里斯托得摩斯说，轮到阿里斯托芬发言了。但是，巧合的是，他由于吃得过多或其他原因正在打嗝，无法说话。他对厄律克西马库（这位医生正坐在他下一位）说："正巧，你要么帮助我止住嗝，要么替我说，直到我不打嗝为止。"厄律克西马库回答道："两件事我都做。我来取代你的位置，等轮到我的时候你再讲。我发言时，你屏住呼吸，可能就可以止住嗝；如果没止住，你就用水漱漱口。如果还是打嗝，你就用个东西戳一下鼻孔，让自己打个喷嚏。这样一两次，不管多么顽固的嗝儿，都可以止得住了。”

“尽快开始你的发言吧，”阿里斯托芬说，“我照你说的办。”

厄律克西马库说：“我是这样认为的：鲍桑尼亚的发言，开头很好，但没有贯彻下去，结尾处不是很相称，所以我尽力完成他的论证。我认为他对爱情有两重性，作了很妥当的区分。但是爱不仅可以通过人们对英俊的人的情绪反应来表达，而且还有许多种其他类型的反应：既可以追溯到动物的生殖，也可以追溯到植物的生长。我可以说，存在于神圣的或世俗的各种活动中的爱的威力适用于一切类型的存在物。我确信，我是从医学、从我自己的专业领域认识到爱神的威力有多么伟大、多么美妙，他的力量延伸到人类和神圣生命的各个方面。

“我将从医学开始，为了对我自己从事的行业表示尊敬。身体的性质中天生就显示出了这两种爱。人们通常认为身体的健康和疾病是不同的状态，彼此互不相同。当事物不同时，它们渴望和爱的对象也不同。因此，在身体健康和患有疾病的情况下爱是不同的。鲍桑尼亚刚才说，满足好人是对的，而满足放纵的人是错的。身体也一样。对于每个身体，满足好的部分是对的，且你应该这样做（行医就是这个意思）；但满足不好的、有病的部分就是错的，若你打算成为医术高明的人，就应该剥夺那部分的满足。

“实质上，医学就是关于填满和排空身体之爱的各种形式的知识。医生最重要的是能区分出这些过程中正确的和错误的爱。好的医生能引起改变，这样身体就能获得一种爱而不是另一种；当一种爱不在那里而应该在那里时，他知道如何来灌输这种爱，并排除在那里的另一种爱。他应该能够取出身体中最具对抗性的元素，在它们之间建立友谊和爱。最具对抗性的元素是对立的，如冷与热，苦与甜，干与湿，等等。找到在这些元素之间灌输爱与和谐的方法的人是我们的祖先阿斯克勒庇俄斯（这是一些诗人告诉我们的，有些就在这里，我相信他们），他就是这样创建医学的。

“如我所说的，医学完全由这位神掌管，他也掌管体育和农业；任何人思考片刻都会清楚，这一点也适用于音乐。这可能是赫拉克利特心里所想的，虽然他没有很好地表达出来。关于团结，他说：‘通过背离，它与自身达成一致。……就像弓或琴的和谐。’若说和谐与自身背离，或它的构成要素仍然分离的时候它就存在，是很荒谬的。但可能他心里想的是，音乐的技艺是通过用一致性替换高音和低音之间的分歧，从而创造和谐。高音和低音仍分离的时候，它们之间当然不会存在和谐。和谐就是协调，协调是一种一致性；但是当分离的东西仍分离时就不能从中创建一致性，只有当分离的东西一致时才能创造和谐。同样，韵律是通过用一致性替换快拍和慢拍之间的分离创造出来的。正如医学在一个区域内创造一致性，音乐通过向涉及的元素中灌输爱和协调，在另一个区域内创造它；反过来，音乐就是与和谐和韵律有关的爱的各种形式的知识。

“在和谐和韵律的结构中，考虑其自身，不难发现爱的作用；所以爱的双重性在这里没有呈现出来。但是当用韵律与和谐对人产生影响时，不管是创作音乐（他们称之为‘作曲’），还是恰当运用曲调和诗歌（称为‘教育’），困难就出现了，需要好的音乐大师了。这里同样的原则仍然有效：你应该满足并促进秩序井然的人们的爱，或者那些尚未秩序井然但能用这种方式获得改善的人的爱。这种爱是美好的、神圣的，是神圣的缪斯之爱。但一般的爱是缪斯圣歌女神之爱；当是这种爱时，我们必须慎重，确保爱的接受者享受它提供的欢愉，而不会变得放纵。同样，在我的专业领域，工作的一个关键部分是正确处理通过烹饪艺术满足的欲望，确保人们享受这种欢愉，而不生病。所以在音乐、医学及其他所有领域中，既有人类的也有神的，我们必须尽其所能地留意这两种爱，因为这两种爱都存在。

“季节的特性也是由这两种爱决定的。当我之前提到的那些元素（热与冷、干与湿）受到秩序井然的爱的影响时，它们就会彼此协调一致，风调雨顺。它们的到来就会为人类及其他动植物带来丰收和健康，不会造成危害。但是当无节制的、暴力的爱主导季节时，它们就会造成巨大的破坏。这些情况常常会造成牲畜和植物得瘟疫及其他反常疾病。霜冻、冰雹和疫病是受这种爱的影响，互相激烈竞争和陷入混乱而产生的结果。所以我们所说的天文学是关于爱的作用的知识，因为这些影响星辰的运动和四季的推移。

“而且，各种祭祀和占卜的所有活动（这些是神与人类互相交流的方式）都在于维持一种爱，而消除另一种。当人们未满足、尊重或把活动中的首要位置让给秩序井然的爱时，而且对另一种爱做了这些，那么就常常会出现对自己父母（活着的或去世的）或神的不尊敬。预言有一个职责，就是留意那些错误的爱，并将其消除。它还有一个职责，就是通过理解人类生命中爱的运作如何影响正确的行为和虔诚之心，在神和人类之间产生友谊。

“所以当把这一切集合在一起时，爱作为整体拥有巨大（更确切地说是所有的）力量。但是拥有最大力量的爱是那种本性表现在良好的行为中、以自制和正义为标志、在人类和神的层级上的爱，它是我们所有幸福的源泉。它使我们能够与彼此及神交往并成为朋友。

“可能我对爱神的颂词遗漏了许多东西，如果是这样，我并不是故意的。如果我遗漏了任何东西，阿里斯托芬，该你来填补缺口了。或者，如果你想到了其他对神的颂词，就继续说吧，你已经不打嗝了。”

现在轮到阿里斯托芬了（阿里斯托得摩斯说的），他说：“是的，已经不打嗝了，但是直到我用打喷嚏的方法后才停下来。这让我怀疑是否是我身体中‘秩序井然’的部分想要那种噪音和让我打喷嚏的挠痒。无论如何，我一打喷嚏嗝立刻就止住了。”

“亲爱的阿里斯托芬，”厄律克西马库说，“当心你正在做的事。你一开口就开玩笑，这让我不得不提防着你的玩笑，不然你的发言就可以不被打扰了。”

“你说得对，厄律克西马库，”阿里斯托芬说，“我收回刚才说的话。但如果你留意我的发言的话，别以为我不敢说一些有趣的事（那是我的缪斯女神的特权和典型特征），我是害怕说了荒唐的话。”

厄律克西马库说：“你认为你可以射我一箭然后就逃跑啊！好吧，当心了；你必须对你说的话负责。不过即使如此，如果我下了决心，我也会放你一马的。”

“事实上，厄律克西马库，”阿里斯托芬说，“我确实打算采用一种与你和鲍桑尼亚发言中不同的方式。我认为人们完全没有认识到爱神的力量；如果他们领会了这一点，他们会为他建造最大的寺庙和祭坛，做最大规模的祭祀。事实上，人们没有为他做其中任何一项，虽然他是最值得这样做的。他比其他任何神都更爱人类；他是他们的助手，是疾病的医治者，那些疾病的治愈构成了人类最大的幸福。我会试着把他的力量解释给你们听，你们再把这些传授给其他人。

“首先，你们必须要了解人类的本性以及它发生了什么变化。很久以前，我们的本性与现在的不同，而且有很大的差异。首先，人类有三种性别，而不是现在的男性和女性两种。还有第三种，它结合了这两种；现在它的名字保存了下来，不过这种性别已经消失了。‘阴阳人’是一种独特的性别，也是一个名字，它结合了男性和女性的特征；现在除了名字什么也没留下，现在它的名字是对人的侮辱。

“其次，最初的人外形是个圆形的整体，背部和两侧形成了一个圆。每个人有四只手、四条腿，圆形的脖子上有两张一样的脸。一个头上有两张脸，朝向相反，有四只耳朵，两个生殖器，其余的你们可以从我刚才说的话中想象出来。他们可以笔直地来回走动，像我们现在一样，可以随心所欲地朝任何一个方向走。当他们要动身快跑时，就用八肢支撑着自己的身体，快速地旋转着移动，就像翻筋斗一样，他们在旋转时，腿伸直着翻筋斗。

“之所以有这三种性别以及他们如描述的那样，是因为男性最初是由太阳生的，女性是由大地生的，而阴阳人是由月亮生的，因为月亮是太阳和大地的结合体。他们是圆的，所以他们也以圆形的方式移动，因为他们与自己的父母相像。他们在力量和活力方面很糟糕；他们有雄心壮志，向神发起进攻。荷马讲的关于厄菲阿尔忒斯和俄图斯的故事，说他们如何尝试着爬上天国攻击诸神，实际上指的就是他们。宙斯和其他神讨论如何对付他们，但没有得出结论。诸神不知道如何能杀死他们，不能像以前对待巨人那样用雷电把人类全部消灭；如果他们那样做的话，诸神从他们那里得到的荣誉和祭品将会消失。但也不能让他们再这样蛮横无理下去。在经过深思之后，宙斯有了一个主意：'我有个计划，通过这个计划人类还可以继续存在，但非常虚弱，不能再有这样的野蛮行径了。我现在把他们每个人一分为二；他们将变得虚弱，也对我们更有用，因为他们人数增多了。他们将用两条腿直立行走。如果我们觉得他们仍然蛮横，不肯安静下来，我就再把他们分成两半，这样他们就只能用一条腿跳着走路了。'

"说完之后，宙斯把人劈成了两半，就像人们把苹果切成两半或把煮熟的蛋切开一样。他在切每个人的时候，告诉阿波罗把他们的脸和与之相连的半面脖颈扭向伤口那面，这样人类就能看到自己的伤口，变得懂规矩点儿；宙斯也让他治愈其他伤口。阿波罗扭转了脸；他把周身的皮肤拉向现在称为腹部的方向（就像用拉链把手提袋拉紧一样），然后在腹部的中央留了一个口，我们称之为肚脐。他也磨平了许多其他褶皱，把胸部弄成鞋匠磨平皮革的褶皱时使用的工具的形状。但他留了一些肚脐附近的褶皱，提醒人类很久以前发生在他们身上的事。

“由于他们被分成两半了，每个人都想念自己的另一半，希望能与另一半在一起。他们用胳膊搂着彼此，交织在一起，想要形成一个单独的个体。所以他们死于饥饿和凝滞不动，因为他们不想离开彼此。当其中一半死去，另一半被剩下时，剩下的那一半就寻找另一个，与另一个交织在一起。有时他遇到的那一个是女人的一半（这一半我们现在称为‘女人’），有时是剖开的男人的一半。不管怎样，他们继续以这种方式死去。

“宙斯怜悯他们，想出了另一个办法：他把他们的生殖器移到前面来；那之前，他们的生殖器在身体的后面，不是与彼此交配进行有性繁殖，而是在地上繁殖，就像蝉一样。所以宙斯把生殖器移到前面，这样通过男女交配进行繁殖。这样做的目的在于，如果男人遇到女人，进行交配，就会繁殖后代，人类就可以延续。并且，如果两个男人在一起，他们至少能得到性交的满足感，然后平息情欲、放松、继续工作，考虑生活中的其他事情。

“从远古时代人类对彼此内在的渴望就是这样开

始的。它吸引我们本性的两部分恢复到一起，尽力合二为一，治愈人类从前剖开的伤口。我们每个人都是人类要匹配的一半，因为我们像比目鱼一样被分成两半，被一分为二，我们每个人都在寻找匹配自己的另一半。从阴阳人（那时称为雌雄同体）被切开的男人为女人所吸引，许多奸夫属于这一群体。同样，为男人所吸引、成为淫妇的女人也属于这一群体。那些被从女性切开的女人对男人一点儿也不感兴趣，而更多地受到女人的吸引，女同性恋属于这个群体。

“那些被从男性切开的人喜爱男性。当他们还是少男时，由于他们是男性的一部分，他们受到男人的吸引，喜欢与男人一起睡、被他们拥抱。这些是他们那一代中最好的人，不管是少男还是青年，因为他们天生是最勇敢的。有些人说他们无耻，但并不是这样。他们这样做并不是由于无耻，而是因为他们大胆、勇敢、有阳刚之气，并赞赏其他人的这种品质。下面就是明显证据：这样的男人长大后，是唯一能成为政治家的人。当他们成人后，会受到少男的性吸引；他们没有要结婚娶妻生子的本能愿望，尽管按照规范他们会被迫做这些。他们自己对不结婚而和爱人相守共度人生很满足。总之，这样的人成为少男的爱人，少男热爱自己的男性爱人，总是喜欢他们共同的本性。

“当少男的爱人或其他类人遇到自己的另一半时，他就会欣喜若狂，显示出喜爱、关怀和爱慕。两人一刻也不想离开彼此。这些人终生都在一起度过，但仍说不出想从彼此那里得到什么。我的意思是，没有人会认为他们想要的仅是性交，这正是他们在彼此的陪伴中找到如此多的乐趣并对它如此重视的原因。显然他们每个人心中都有一些无法表达的愿望；他像圣人一样，部分领会了自己所想要的，并隐晦地对别人进行暗示。想象一下，当他们躺在一起时，赫菲斯托斯拿着工具在旁边看着他们，并问：‘人类，你想从对方身上得到什么？’如果他们不知道，想象他会接着问：‘这是你们想要的吗，完完整整地在一起，无论白天黑夜都不分离？如果这是你们想要的，我就把你们融合在一起，这样你们两个就变成一个人了。然后你们两人只要活着，就可以共享生命，因为你们是一个人；当你们死亡时，你们作为一个人而不是两个人，共享冥界中的死亡。但是先想想这是不是你们渴望的，实现这种状态是否能满足你们。’我们都知道，听到这种提议的人没一个会拒绝，显然没人会想要其他东西了。每个人都会想，他现在听到的正是他一直以来渴望的东西：与所爱的人在一起，融为一体，合二为一而不是两个人。其原因就是这是我们最初的自然状态，我们过去是完整的个体：‘爱’是渴望并追求完整之名。

“在这之前，如我说的，我们是一体的；但是现在，由于自己的罪恶，我们被宙斯分开了，就像阿卡迪亚人被斯巴达人分开了一样。还有这种危险，即如果我们对神灵不守规矩，我们会被进一步分开，像墓碑上浮雕中的人一样走动，被从鼻子锯成两半，像半个骰子一样。所以每个人都应该鼓励他人对神灵显出全部应有的尊敬，这样我们就可以避免一种惩罚，实现另一种结果，把爱神作为我们的领袖和将领。没人应该违背爱神，站在错误的神的一边即是违背爱神。如果我们是神的朋友并把他拉到我们这一边，我们应该做现在几乎无人做的事——找到真正属于我们的爱人并与之亲近。

“我不想让厄律克西马库认为我的发言仅是个喜剧，针对的是鲍桑尼亚和阿伽松。很可能他们属于这种类型，都是男性本质的另一半。但我所说的也适用于所有的男人和女人：只有当爱得出结论，每个人找到自己的爱人并恢复最初的本性，我们人类才能获得幸福。如果这是理想状态，当前环境下最接近它的必定是最好的：即找一个与你自己的品性最适合的爱人。如果我们想赞美对这件事负责的神，我们当然应该赞美爱神。在当前情况下，他为我们做了能做的最好的，指引我们走向天生与我们接近的事物。他也为我们提供了未来最大的希望：即如果我们尊敬神，他将把我们恢复为最初的本性，使我们愈合，从而给我们最好的幸福。

“好了，厄律克西马库，这就是我关于爱的发言，和你的迥然不同。就像我刚才说的，别把我的发言当作玩笑。咱们继续，看看剩下的发言者有什么要说的——更确切地说是两个，因为只剩下阿伽松和苏格拉底了。”

“我会按你说的做的，”厄律克西马库说，“不管怎样，我非常欣赏你的颂词。如果我事先不知道苏格拉底和阿伽松是爱情这个题目的专家的话，我会担心他们可能没什么可说的了，因为我们已经有这么多种发言了。不过，照目前的情况，对于他们两位，我还是很有信心的。”

苏格拉底说：“那是因为你们成功参与了我们的竞争。如果你处在我的位置上，更确切地说是处在阿伽松也做了精彩发言之后我所在的位置，你将会诚惶诚恐，处在和我一样的窘境之中。”

“你在设法给我施咒语，苏格拉底，”阿伽松说，“让我觉得观众对我的发言有很高期望，从而让我紧张。”

“阿伽松，如果我那样做的话，那就未免太健忘了吧，”苏格拉底说，“你站在舞台上，领着演员们高视阔步地登台，面对众多的观众展示自己的作品时没有一点儿慌张，我看到了你那时展示出来的勇气和自信。所以我认为你不会在我们这个小团体面前紧张。”

“但是，苏格拉底，”阿伽松说，“我希望你不要认为我对剧场如此着迷，以至于没有意识到少数几个有智慧的人比一群无知的人更使人担心。”

“阿伽松，”苏格拉底说，“如果我认为你在任何方面都天真无邪，那我就是大错特错了。我很清楚，如果你发现了一些你认为聪明的人，你给予他们的注意力会比给予一般群众的多。但恐怕我们不属于那一类；毕竟我们也在那里，是那群人的一部分。但如果你找到了其他一些聪明的人，若你觉得在他们面前做了一些错事，你可能会感到羞愧——你是不是这个意思？”

“是的。”阿伽松答道。

“但如果你在一般群众面前做了错事就不会感到

羞愧吗？”

这时候费德鲁斯插话了：“亲爱的阿伽松，如果你回答苏格拉底的问题，只要他有讨论的伙伴，尤其是有魅力的人，他不会在乎我们当前的活动是否会有进展。我喜欢听苏格拉底的讨论，但我必须负责对爱神的颂词，从你们每个人的发言中提取一些内容作为你们的贡献。因此你们两人作完对神的颂词后，再继续进行辩论吧。”

“你说得对，费德鲁斯，”阿伽松说，“我没有理由不发言。至于和苏格拉底的辩论，以后会有足够多的机会。

“我打算先说一下我认为应该怎么说，然后再开始讲。我认为之前的所有发言者都不是赞美神灵，而是称颂人类从神那里得到幸福。没人谈论给予我们这些东西的神灵自身的本性。不管话题是什么，作颂词只有一种正确的方式，就是定义颂扬的主题的性质及这个主题产生的效果。所以，就爱神来说，正确的做法是先赞美他的性质，然后赞美他的天赋。

“我敢说，虽然所有的神灵都是幸福的，但爱神（如果这样说合适且不冒犯任何人的话）是最幸福的，因为他是最英俊、最优秀的。他最英俊，是因为：首先，费德鲁斯，他是最年轻的神。他自己匆忙地从老年（它比应该的更快地发生在我们身上）逃离，也为这一点提供了证据。爱天生讨厌老年，并与之保持距离。他总是与年轻人结交，是他们中的一分子；古语说得对，物以类聚。虽然我赞同费德鲁斯说的许多话，但我不赞同爱神比克罗诺斯和伊阿珀托斯年长。我敢说，他是诸神中最年轻的，且会永葆青春。根据赫西奥德和巴门尼德说的，古代诸神对彼此做的事（他们说的是真的）是由于必要性而非爱。如果爱神在他们当中，诸神就不会阉割或囚禁彼此，或进行许多其他暴行；就像现在及爱神开始管理诸神时一样，他们之间会有友谊与和平。

“他既年轻，又娇嫩；但需要有荷马那样素养的诗人才能说出他有多娇嫩。荷马把妄想神说成是一位女神，她也很娇嫩；至少她的脚很娇嫩，如他说的：

> 但对大地来说，她的脚很娇嫩；
>
> 她从不靠近人类，而是行走在他们的头上。

荷马说她不在坚硬的东西上行走，而是走在柔软的东西上，我认为这是她的娇嫩性的明显证据。爱神的娇嫩也可运用同样的证据。他不在大地或头骨（它一点儿也不软）上行走，而是行走并居住在最柔软的东西之中。他在神和人类的品性和头脑中安家；但并不是所有的头脑，而是当发现具有坚韧性格的人时，他就会继续前进，当发现具有柔和性格的人时，他就定居下来。由于他不断地与最柔软的事物中最柔和的成员接触，不只用他的脚，而是全身心地接触，他必定极其娇嫩。

“所以他很年轻、很娇嫩，形体上也是流动的。否则，如果他很粗暴的话，他就不能完全遮盖人们的心灵，或穿梭于其中时不被发觉。他形体良好、流畅的充分证据在于他的优雅，人们普遍认为这是爱的独特特征（粗俗与爱总是互为仇敌）。他总在花丛中打发时间，这个事实可以体现他面容之姣好。爱神不栖身在没有花朵或花朵凋谢的身体、心灵或事物上；但当他发现有花朵盛开和芳香的地方，他就停留下来。

“关于爱神的美貌已经说够多了（虽然还有许多可说）；我接下来必须说的话题是爱神的美德。最重要的一点是，爱神在与神或人交往时，不做不公正的事，他自己也没遭受不公正的事。当爱神身上发生神秘事时，从来不是靠武力进行的（因为爱从来不是被迫的）。当爱神做事时，他也从不使用武力，因为每个人都赞成爱的所有命令；任何双方同意的事，就是‘城邦的主宰即法律’规定为正义的事。

“和正义一样，爱神也是非常节制的。人们普遍认为，节制掌管着欢愉和欲望，没有什么欢愉能比得上爱。如果欢愉较弱的话，必定是受爱掌控，他必是它们的主人；如果爱掌控着欢愉和欲望，他必定异常节制。

“至于勇敢，‘即使阿瑞斯也敌不过’爱神。不是阿瑞斯俘获了爱，而是爱俘获了阿瑞斯（据说是阿佛洛狄特的爱），俘获者掌控着被俘获者。掌控着其他人中最勇敢者的人必定是所有人中最勇敢的。

“我已经说了爱神的公正、节制和勇气；还需要说的是他的智慧。我必须尽可能充分地阐述这一点。首先——像厄律克西马库敬重自己的专业领域一样，我也对自己的领域表示敬重——爱神是如此熟练的诗人，他使其他人也成为了诗人。任何人受到爱的触动时，都会变成诗人，‘即使以前与缪斯是陌生人的人也这样’。我们可以把这作为证据，认为爱神是各种艺术作品的优秀创作者，因为你不可能给予他人你没有的东西，或教导他人你自己不知道的东西。当然，关于生物的创造，谁会否认是由于爱，一切生物才存在并被创造出来呢？关于在艺术或工艺方面的专门技术，我们不是都知道那些受爱神教导的人最后都声名显赫，而那些没被他触动的人都默默无闻吗？阿波罗跟随着自己的欲望和爱为他指引的路，才发现了箭术、医药和预言，这使得阿波罗成为爱神的学生。同样，他使缪斯成为他在音乐方面的学生，赫菲斯托斯成为他在冶炼方面的学生，雅典娜成为他在编织方面的学生，宙斯成为他在掌管神和人类方面的学生。所以只有当爱神出生后，诸神的活动才变得有条理——爱美，当然，因为爱不可能指向丑陋。在那之前，如我开始说的，神在必要的统治之下做了许多坏事。但一旦爱神降生，所有的好事都由于爱美而发生在神和人身上。

“所以，费德鲁斯，在我看来，爱神自身是极美、极优秀的，并且创立了各种美好善良的东西。我心情很激动，想用韵文来表述，我认为爱促成了：

人类的和平，大海的风平浪静，
狂风的平息，痛苦的寂然长眠。

爱排除了我们的隔阂，用亲密填满我们，使我们聚在一起像现在这样分享感受，节日、合唱和祭祀时他来担当我们的领导者。他迎来温和，逐出野蛮。

他对友好慷慨大方，对敌意心胸狭窄。他亲切、和善；受到智者的关注、神的钦佩；拒绝他的人渴望他，欣赏他的人珍惜他；他是豪华、典雅、精美、优雅、欲望、渴望的父亲；他关心好人，无视坏人；在困难、恐惧、渴望和演说中，他是最好的舵手、水兵、伙伴和拯救者。对所有的神和人类来说，他是最优美、最好的领导者；每个人都应该跟着他唱优美的赞美诗，分享他唱的歌，吸引每一位神灵和人类的心灵。

“费德鲁斯，这就是我的发言，”他说，“是我对爱神的献辞；在我能掌控的范围内，诙谐并有一定的严肃性。”

阿里斯托得摩斯说，阿伽松发完言后，在场的每个人都发出了钦佩的呐喊声，因为这个年轻人的发言某种程度上很好地映射在了他自己及爱神身上。苏格拉底看着阿里斯托得摩斯说：“阿库门努的儿子，你还认为我之前的忧虑是庸人自扰吗？我刚才说阿伽松会作精彩发言，我将难以为继，不是很有预见性吗？”

“有一点，”厄律克西马库说，“你很有预见性，就是你说阿伽松将做精彩发言；但我认为你不会无言以对的。”

“我的好朋友，”苏格拉底说，“跟在如此优美华丽的发言后面，我或其他任何人怎么不会无言以对呢？其余部分还不让人吃惊；但到最后时，谁会不被他优美的语言和措辞打动呢？我知道，我的发言远远达不到这种精妙，我非常惭愧，差点儿从这儿逃跑（我若是有其他地方可去，就逃跑了）。他的发言让我想起了高尔吉斯，所以我的体验和荷马描述的一模一样。我还担心阿伽松在发言结束时，会拿出雄辩的演说家高尔吉斯的头颅给我看，使我哑口无言。然后我意识到，我若同意加入你们一起颂扬爱神、宣称拥有爱情方面的专长，我就是在愚弄自己；实际上我对颂扬某物都包含什么内容一无所知。我非常天真，竟以为你们会讲讲颂扬这个主题的真相；我认为这应该是基础，然后从中选择最出色的特点，以能呈现主题的最佳方式对其进行阐述。我自豪的是我认为能做精彩发言，因为我知道如何就一个主题进行颂扬的真相。

“但事实上，似乎这不是赞美事物的正确方式。相反，你应该宣称你的主题有最伟大、最出色的品质，不管它是否真的有；如果你说的不是真的，也没什么关系。现在提议做的似乎是我们每个人应该装出赞美爱神的样子，并不是说我们真的应该这样做。你们其余人找到任何可说的事物，把它归因于爱，说他像这样，对那件事负责，使他看起来尽可能地出色、优秀，必定就是这个原因。你们显然是对无知者这样做(当然不是对理解这个主题的人这样做);你们的颂扬当然很优美，令人印象很深刻。

“但是我并不知道进行颂扬的正确方式，我是由于无知才同意在轮到我时进行发言的。但那是‘舌头’承诺的，而不是‘心’；所以忘了我的承诺吧。我不会进行那种颂扬的——我不能那样做。然而，若你们愿意的话，我准备告诉你们真相，不过是以我自己的方式，不与你们的发言进行竞争，这可能会让我自己看起来有点儿荒谬。所以，费德鲁斯，告诉我是否有进行那种发言的必要，那样的发言会讲出爱的真相，但使用的是发言时正好出现在我头脑中的词和句子。”

费德鲁斯及其他人让他以自己认为最好的方式进行发言。

“费德鲁斯，”苏格拉底说，“你能也允许我问阿伽松几个小问题，这样我可以根据与他达成的共识进行发言吗?”

“我同意，”费德鲁斯说，“随便问吧。”

然后，阿里斯托得摩斯说，苏格拉底开始了他的发言。

“亲爱的阿伽松，我认为你的发言有个很好的开头，你说我们应该先说出爱的品性，然后说他产生的效果。我认为以那样的方式开头值得赞扬。那么，既然你在其他方面出色地阐述了爱的性质，也请告诉我这一点。爱的性质是对某物的爱，还是没有对象的爱？我并不是问爱是否是某个特定父母的孩子；如果在这个意义上我问爱是对母亲的爱还是对父亲的爱，会很荒谬。但是假设我问的问题是，一位父亲是否是某人的父亲。如果你想给出正确答案，你当然会说父亲是儿子或女儿的父亲，是吗？”

“当然。”阿伽松说。

“母亲也是一样的吗？”

他也同意这一点。

“那么”，苏格拉底说，“再回答一些，你就会更好地理解我头脑中所想的。假设我问：兄弟，在他是兄弟的情况下，是否是某人的兄弟？”

他说是的。

“也就是说，是兄弟或姐妹的兄弟？”

他同意。

“现在告诉我关于爱的情形，”他说，“爱是对某物的爱，还是没有对象的爱？”

“毫无疑问是对某物的爱！”

“现在，”苏格拉底说，“记住爱是什么。但是告诉我：爱是否渴望他所爱的对象？”

“渴望。”他说。

“当他渴望并爱时，他是否拥有他渴望和爱的对象？”

“没有——至少可能没有。”他说。

“考虑一下，”苏格拉底说，“渴望针对的是你需要的东西，当然不只是可能的，而是必须是这样的，如果你不需要某物，你不会渴望它。我觉得它肯定是必须的；你觉得呢？”

“我也这样认为。”阿伽松说。

“好的。现在，高个子的人想要高个子，或强壮的人想要强壮吗？”

“根据我们已经同意的说法，那是不可能的。”

“是的，因为没人需要他已经拥有的品质。”

“是的。”

“假设某个强壮的人想要强壮，”苏格拉底说，“行动迅速的人想要迅速，健康的人想要健康。你可能会想，在这样及所有像这样类似的情况下，那些拥有这些品质的人也渴望他们已经拥有的东西。我这样说是想阻止我们产生错误的想法。如果你考虑一下，阿伽松，这些人必定任何时候都拥有这些品质，不管他们是否想要，因此这不可能是他们渴望的。所以如果某个人说，‘我很健康，我想要健康’，或‘我很富有，我想要富有’，或‘我渴望我已经拥有的东西’，我们应该跟他说：‘朋友，你已经拥有财富或健康或力量了，你想要的是在未来拥有它们，因为目前不管你是否想要它们，你已经拥有它们了。当你说你渴望已经拥有的东西时，问问自己你的意思是否是你想要现在拥有的东西在将来仍然拥有。’他必须同意这一点，是不是？”

阿伽松说是的。

苏格拉底说：“这些情况下某人做的事是爱他缺少的、不拥有的东西，也就是将来继续拥有他现在拥有的东西。”

“当然。”他说。

“所以渴望的这个及所有其他情况是对缺少的、实际上不拥有的东西的渴望。渴望和爱针对的是你不拥有的、缺少的、需要的东西。”

“当然。”他说。

“那么好吧，”苏格拉底说，“咱们总结一下刚才达成一致的事。首先，爱是对某物的爱；其次，某物是他当前需要的东西。”

“是的。”他说。

“现在，记住这一点，回想一下你刚才在发言中说的爱是什么。如果你愿意的话，我来提醒你。我认为你是这样说的，神的事是通过对美好事物的爱组织的，因为不可能爱丑陋的事物。这是不是你说的？”

“是的，我是这样说的。”阿伽松说。

“朋友，你说的话似乎有理，”苏格拉底说，“如果你说得对，那么爱岂不是必须爱美、而不爱丑陋吗？”

他同意。

“我们不是同意他爱他需要和不拥有的事物吗？”

“是的。”他说。

“由此断定爱需要美且不拥有美吧？”

“肯定是这样。”他说。

“好吧，你会说需要美且完全没有美的事物是美的吗？”

“不会。”

“如果是这样，你仍然假定爱是美的吗？”

阿伽松说：“苏格拉底，我似乎不知道刚才自己在说些什么。”

“哎呀，你刚才做的仍是很精彩的发言，阿伽松，”他说，“不过请再回答一个小问题：你认为好的事物也是美的吗？”

“我这样认为。”

“那么如果爱需要美的东西，好的东西是美的，则他需要好的东西吧？”

“我无法反驳你，苏格拉底，”他说，“咱们接受事物就像你说的那样吧。”

“你无法反驳的是真理，亲爱的朋友阿伽松，”苏格拉底说，“反驳苏格拉底一点儿也不难。”

“现在我让你喘口气。我尝试向你复述我曾听到的关于爱的故事，那是曼提尼亚一个叫狄奥提玛的女人告诉我的。她对这及许多其他事物都很了解。有一次，她告诉雅典人供奉哪些祭祀，从而把瘟疫推迟了十年。她也是教导我爱的方式的人。我将汇报她所说的话，把它作为我和阿伽松得出的结论的基础，不过是尽我一己之力罢了。

“阿伽松，如你所说的，人们应该首先说明爱是谁及他有什么样的品性，然后再说明他的效力。我认为最简单的是汇报我曾经和狄奥提玛进行的一次讨论的内容，在讨论时她对我提出了一些问题。我对她说的几乎和阿伽松刚才跟我说的完全一样：爱神是位伟大的神，他自身也是美的。她反驳我的论据跟我用于反驳阿伽松的也一样，根据我的推理，证明爱既不美也不好。

“我说，‘你是什么意思，狄奥提玛？那么爱是丑陋的、坏的了？’

“她说，‘这话多么亵渎神明啊！你认为任何不美的事物必然是丑陋的吗？’

“‘我当然这样认为。’

“‘不智慧的事物必是无知的吗？你难道没有意识到某种介于智慧和无知之间的事物吗？’

“‘那是什么？’

“‘就是有正确的见解，但不能说明有这些见解的理由。难道你没意识到这不是认知吗？因为只有能给出理由才具有知识；但它也不是无知，因为无知不会知道真理。当然，正确的观点具有这种情形，介于理解和无知之间。’

“‘你说得对。’我说。

“‘那么不要以为不美的事物必是丑的，不好的事物必是坏的。同样，你自己也同意爱既不好也不美时，不要认为他因而必是丑陋且坏的，而应该是介于这两者之间。’

“‘但是，’我说，‘每个人都赞成爱是位伟大的神。’

“‘你的意思是不知道的每个人，’她说，‘还是

包括那些知道的？'

"'当然是每个人。'

"她笑着说，'但是苏格拉底，如果人们否认爱是神的话，怎么赞同他是位伟大的神呢？'

"'这些人是谁？'我说。

"'你是一个，'她说，'我是另一个。'

"听到此后，我询问，'你怎能这样说呢？'

"'很简单，'她说，'告诉我，你认为所有的神都是幸福、美丽的吗？或者你敢提议任何神不美、不幸福吗？'

"'以宙斯的名义，我不会。'我说。

"'你认为那些拥有好和美的事物的人是幸福的吗？'

"'当然。'

"'但是你刚才赞同爱是因为需要好和美的事物，他才渴求那些他需要的东西。'

"'是的，我同意那一点。'

"'因此如果他需要美和好的事物他怎能是神呢？'

"'似乎不可能。'

"'那么，你是否看出你认为爱不是神？'

"'但爱会是什么呢？'我说，'凡人？'

"'远非如此。'

“‘那是什么呢？’

“‘就像之前讨论的那些例子一样，’她说，‘他介于凡人和神仙之间。’

“‘狄奥提玛，那使他成为什么？’

“‘他是伟大的精灵，苏格拉底。归为精灵的一切事物都介于神和人之间。’

“‘他们有什么职能啊？’我问道。

“‘他们解释并传递人至神及神至人的消息。他们传达人类的祈祷和献祭，并传达神的命令和礼品，作为对祭祀的回报。他们作为这两者的媒介，填补了他们之间的空缺，使宇宙形成了一个相互连接的整体。他们是所有占卜活动的媒介，在祭祀、仪式、符咒、预言和巫术方面具有祭司的专长。神不与人直接接触；他们完全通过精灵这个媒介与人交流和沟通（不管是清醒还是熟睡状态）。具有这些方面智慧的人是受精灵感召的人，而具有其他领域专长和技艺的人只是技工。有许多不同种类的精灵，其中一个便是爱。’

“‘谁是他的父母？’我问道。

“‘这说来话长，’她答道，‘不过无论如何我会告诉你的。阿佛洛狄特出生后，其他神来吃宴席，其中包括创造神的儿子资源神。当他们吃完晚宴后，贫乏神来乞讨，像其他人在宴席上做的那样，她也站在门口。资源神喝多了仙酒（这是在葡萄酒发现前神喝的酒），走到宙斯的花园，醉着睡着了。贫乏神想了一个计划，就是通过怀有资源神的孩子来减轻自己的资源匮乏；她与他睡在了一起，怀上了爱神。所以爱神之所以成为阿佛洛狄特的追随者和随从，是因为他是在她出生那天怀上的；他也天生热爱美，因为阿佛洛狄特很美。

"'由于他是资源神和贫乏神的儿子，爱神的处境就像这样。首先，他总是贫乏；一点儿也不娇嫩和漂亮，如人们通常认为的那样，他很强硬，有坚硬的皮肤，没有鞋子，没有家。他总是露宿在地上，没有床，躺在露天的门廊下和路边；他和他母亲的本性一样，总是生活在贫乏的状态中。另一方面，他与他父亲相像，谋划得到美和好的东西。他很勇敢、冲动、热情；是位令人敬畏的猎人，总是耍花招；他渴望知识，并有足够的智谋得到它；毕生热爱智慧；擅长使用音乐、药物和诡辩。

"'究其本性而言，他既不是神仙也不是凡人。他成功的时候，好几次在同一天内获得生命，然后死去，然后（像他父亲一样）复活。他获得的资源不断地枯竭，所以爱神既不是完全没有资源，但也不富有。他也处于智慧和无知之间。情况是这样的。没有一位神热爱智慧，或有变得智慧的欲望——因为他们已经很智慧了；任何已经智慧的人也不会热爱智慧。无知者也不热爱智慧，或有变得智慧的欲望。无知者的问题恰恰在于，虽然不好、不聪明，但他认为自己很令人满意。如果某人认为自己不需要某物，就不可能渴望自己认为不需要的东西。'

"'狄奥提玛，如果智慧者和无知者都不热爱智慧，'我问，'那么谁热爱智慧？'

"'即使一个孩子，'她说，'到现在也会意识到是那些介于这两者之间的，爱神是其中之一。智慧是最美的事物之一，而爱神爱美。所以爱神必定热爱智慧；作为智慧的热爱者，他介于智慧和无知之间。究其原因还是因为他的出身：他父亲智慧、资源丰富，而他母亲两者皆无。所以这就是爱这个精灵的本性，亲爱的苏格拉底。但你对爱持有原来的观点一点儿也不奇怪。从你所说的判断，我觉得你把爱看作爱的对象，而不是施爱者：那是你把爱想象得非常美的原因。但实际上，美丽、优雅、完美和幸福是值得被爱的对象的特征，而施爱者的本性与之迥异，我已经说过了。'

"'好吧，狄奥提玛，'我说，'我确信你的观点

是对的。但爱若是这样，他对人类有什么用处呢？’

“‘那是接下来要讲的，苏格拉底，’她说，‘我会尽力告诉你。目前为止我们讲了爱的本性和出生；而且，根据你的想法，爱是对美的事物的爱。不过，假设某个人问我们，“为什么爱是对美的事物的爱？”或者，更清晰地说，“对美的事物的热爱者有一个渴望——他渴望的是什么？”’

“‘渴望它们成为自己的。’我说。

“‘但是这个回答引出了另一个问题，’她说，‘当美的事物成为他自己的之后他将得到什么？’

“‘我没有想好那个问题的答案。’

“‘但是，’她说，‘假设某人改变了问题，用“好”这个字代替“美”，并问：“那么，苏格拉底，好的事物的热爱者有一个渴望——他渴望的是什么？”’

“‘渴望它们成为自己的。’我说。

“‘当好的事物成为他自己的之后他将得到什么？’

“‘这我就容易回答了，’我说，‘他会幸福。’

“‘所以拥有好的事物使幸福的人感觉幸福；你不必问进一步的问题，“为什么某人想要幸福？”这个回答似乎标志着询问的终结。’

“‘是的。’我说。

“‘你认为这个愿望和这种形式的爱对所有人来

说都是共同的，每个人都想要好的事物永远成为自己的吗，或者你有什么想法？’

“‘就像你说的那样，’我说，‘它是每个人共同的愿望。’

“‘那样的话，苏格拉底，’她说，‘如果每个人总是爱相同的事物，我们为什么不说每个人都是爱人呢；我们为什么称某些人为爱人，而某些不是呢？’

“‘这也是我感到疑惑的事。’我说。

“‘没什么可疑惑的，’她说，‘我们现在正在做的是挑选出一种爱，把属于整个种类的名字（“爱”）应用到它身上，而我们对其他种的爱使用的是不同的名字。’

“‘你能再给我举个例子吗？’我问道。

“‘好的，这就是一个。你知道创作形成了一个大体的种类。当任何以前不存在的事物形成时，其中的原因总是创作。所以所有技艺的产品都是创作品，制作它们的艺人都是创作者？’

“‘是的。’我说。

“‘但你知道他们没被称为创作者，而是有不同的名字。在创作的整个种类中，我们选出与音乐和韵文有关的一部分，用整个种类的名字称呼它。只有这才被称为创作，那些拥有这种技能的人才被称

为创作者。’

“‘是的。’我说。

“‘爱也是这样。本质上，在所有情况下，对好的事物或幸福的各种类型的渴望就是构成“强大、热烈的爱”的事物。但这可以通过多种途径实现，那些通过其他途径这样做的人，如通过挣钱或竞技或哲学等，不被称为“钟情的人”或“爱人”。只有那些将热情指向术语规定属于整个种类的特定类型的人，才被称为爱、钟情的人和爱人。’

“‘我想是这样。’我说。

“‘已经提出了这样的观念，’她说，‘即爱人是那些寻找自己另一半的人。但，朋友，我的观点是，除非结果是好的，否则爱指向的既不是他们的另一半，也不是他们的整体。毕竟，如果人们认为自身的脚或手患病，他们甚至准备好将那些部分切断。我认为并不是我们每个人都眷恋自己的特性，除非你把好的说成是“他自己的”、“属于他的”，坏的说成是“不属于他的”。要点就是人们爱的唯一对象是好的事物——你难道不同意吗？’

“‘以宙斯之名，我同意！’我说。

“‘那么，’她说，‘我们能简单地说人们热爱好的事物吗？’

“‘能。’我说。

“‘但是，’她说，‘我们不应该补充说他们爱的对象即是他们应该拥有好的事物吗？’

“‘是的，我们应该补充那一点。’

“‘不只那一点，’她说，‘还有他们应该永远拥有好的事物。’

“‘我们也必须补充那一点。’

“‘那么总而言之，’她说，‘爱即是对永远拥有好的事物的渴望。’

“‘你说的绝对正确。’我说。

“‘考虑到爱总是有这个整体目标，’她说，‘我们也应该问问这个问题。如果人们在追求这个目标中显示出的热情和强烈程度被称为爱，那么他们必须用什么方式及什么类型的行动追求它呢？爱真正有什么职能：你能告诉我吗？’

“‘如果我能，狄奥提玛，’我说，‘我就不会对你的智慧感到吃惊了，不会不断以学生的身份来找你，向你学习这些东西了。’

“‘那么我会告诉你，’她说，‘爱的职能是既在身体也在灵魂中产生美。’

“‘需要先知才能阐明你说的话，’我说，‘我理解不了。’

“‘好吧，’她说，‘我会更清楚地解释这一点的。所有的人在身体和灵魂方面都会生育，当我们到了一定年龄，自然会渴望生育。我们不能生育丑的东西，只能生育美的东西。是的，男人和女人之间的性交是一种生育。这个过程中有种神圣的东西，这就是平凡的生物在怀孕和生育中获得永生的方式。在不和谐状况下这是不能发生的。丑陋与神圣不和谐，而美与它适合。所以美作为命运或爱勒提亚，是掌管生育的女神。怀孕的生物接近美的事物时，就变得温和、快乐、放松，并生育幼儿，就是这个原因。但当它接近丑的事物时，就皱眉、在痛苦中缩紧身体；它躲避、变得干瘪，不繁殖；它把婴儿隐藏在身体内部，感觉不适。这就是那些怀孕和肚子已经隆起的人对美如此兴奋的原因：美的承载者身份使他们能解除生育的痛苦。你瞧，苏格拉底，’她说，‘爱的对象不如你所想的那样是美。’

“‘那是什么呢？’

“‘是美之中的繁殖和诞生。’

“‘很可能是这样。’我说。

“‘当然是这样，’她说，‘为什么繁殖是爱的对象？因为繁殖是凡人能永远活着并不朽的最近途径。如果我们之前赞同的事正确的话，即爱的对象是一

直拥有好的事物，则结果就是我们除了渴望好的事物，还渴望不朽。它是从爱的对象也必须不朽这个论点推断出的。’

“狄奥提玛在与我的交谈中告诉了我关于爱的方式的所有这些内容。一天她问道：‘苏格拉底，你认为这种爱和渴望的原因是什么？你难道没注意到各种动物（有翼的鸟以及有脚的动物）在感受到繁殖的欲望时陷入了多么可怕的状态。它们受到爱的刺激，首先想要彼此交配，然后哺育幼儿。即使最弱的动物也愿意为了自己的幼崽与最强的动物搏斗，不惜牺牲性命；它们准备好遭受饥饿的折磨，以便为幼崽提供食物，并为它们做其他任何事。你可能会想，人类这样做是因为他们理解其中的原因；但是，就动物而言，是什么引起了这种对爱的兴奋——你能告诉我吗？’

“我再一次说不知道。

“她说：‘如果你不理解这一点，你认为你会成为爱的方式方面的专家吗？’

“我说：‘但是，狄奥提玛，正如我之前说的，那正是我来向你学习的原因，因为我意识到我需要老师。所以请告诉我这及其他与爱的方式有关的一切的原因吧。’

"'好吧，'她说，'如果你相信爱的自然对象是我们经常赞同的东西，你就不应该对此感到意外。关于人类的论点也适用于动物；为了永生并不朽，平凡的生物会尽最大的努力。它只有通过繁殖才能实现这一点：它总是留下下一代，新的一代取代老的一代。这一点甚至也适用于每个生物存活且一直未变的时期——例如，人们说某个人从幼年到老年都是同一个人。虽然他被称为同一个人，但他身体的成分从来不是一样的，而是一些方面在不断地更新，其他方面，如毛发、皮肤、骨骼、血液和全身等，在不断地衰退。这不仅适用于身体，也适用于心灵：属性、人格特征、信念、欲望、欢愉、痛苦、恐惧——这些没有一个在我们之中是保持不变的，而是一些在浮现，一些在消失。更显著的是我们的知识也在改变这个事实，一些知识在形成，而其他的在消失，所以在知识方面我们不是同一个人；的确，每一条目的知识都经历了同样的过程。之所以学习，就是因为知识在不断地消失。遗忘是知识的消失，而学习将新的信息放回到我们的记忆中，取代消失的部分，所以知识一直存在，看起来似乎是一样的。

"'这就是凡俗的事物保持存在的方式，不是像神圣的事物似的通过保持完全一样实现，而是因为变老、消逝的事物留下了同类的另外的新事物。苏格拉底，这就是凡俗的事物能在生理上及所有其他方面不朽的方式；但不朽的事物是通过与之不同的方式实现这些的。所以如果各种事物天生地珍视自己的后代，你也不应感到吃惊。各种事物展示出热情是为了实现不朽，而这正是爱的本质。'

"但实际上，我听到她的话后非常吃惊，就问她：'嗯，狄奥提玛，你很有智慧，但事物真的如你所说的那样吗？'

"她像位十足的智者一样，说：'你可以确信这一点。如果你看看人们热爱荣誉的方式，就会明白起作用的也是这同一个原则。在考虑人们因热爱出名及"永远保存不朽的名声"而受的巨大影响后，如果没能明白我所说的这点，你就应该对自己的愚笨感到惊讶。他们爱这胜过爱子孙，更愿意为这冒各种风险，倾家荡产，遭受任何折磨，并愿为荣誉而死。"她说，'阿尔刻提斯愿为阿德墨托斯而死，或者阿喀琉斯愿意与帕特洛克罗斯一起死去，或者你们雅典的英雄科德洛斯愿意牺牲自己来保卫儿子们的王国，如果他们没有想到他们的英勇（我们至今仍然对其表示尊敬）将会永载史册的话，你认为他们会这样做吗？他们当然不会，'她说，'我认为是这种永恒的美德和光荣的名声促使每个人这样做，而且他们越优秀越会这样；他们热爱的是不朽的名声。

“‘身体具有生育能力的男人，’她说，‘会更多地受到女人的吸引；他们通过生育后代来表达自己的爱，尽力获得不朽、怀念及永远的幸福。心灵具有生育能力的男人，’她说，‘有些人心灵的生育能力比身体的更旺盛，他们生育适合头脑记住并诞生的东西。所以什么适合呢？智慧及其他美德：这些是由所有的诗人及具有创新精神的手艺人孕育的。许多最重要、最出色的智慧，’她说，‘是与城市和家庭的组织相关联的，这被称为节制和公正。再拿年轻时心灵中就孕育这些美德的人为例。当他还没有伴侣且成年后，他就感受到生产和繁殖的欲望。我认为，他也四处走动，寻找美，以在其中繁殖；他永远不会在丑陋中繁殖。由于他怀孕了，他会受到美的身体而不是丑的身体的吸引；如果他也足够幸运，找到了美、高尚且有天赋的心灵，他会受到这种结合的强烈吸引。对于这样的人，他会立即发现自己有谈论美德、好的男人应该是什么样子及应该怎么做的素材，并尽力教导他。

“‘我认为，当某个人与这种美接触并形成关系后，他才生产、繁殖长久以来孕育的孩子。不管他们是否陪伴彼此，都会想着对方的美，并且与对方一起抚养繁殖的孩子。这样的人与彼此的伙伴关系更亲近，友谊更牢不可破，胜过父母的情分，因为他们这种伙伴关系诞生的孩子更美、更永久。每个人都更愿意拥有这样的孩子，而不是凡俗的孩子。人们羡慕荷马、赫西奥德及其他优秀的诗人，就是因为他们留下了这种孩子，这些孩子自身的不朽，也为他们带来了不朽的名声和怀念。或者，’她说，‘拿莱克格斯留下的孩子为例，他们为斯巴达（你可能会说整个希腊）带来了安全。梭伦也由于创立的法律而为你们雅典人所敬仰；还有其他人，他们在希腊和其他国家的其他地方，展示出了许多卓越的成就，形成了各种美德。已经有许多教派成立，来仰慕生出那种孩子的这些人，但这种情况从未发生在生出凡俗孩子的人身上。

“‘甚至你，苏格拉底，可能也接受过我目前为止描述的爱的仪式。但这些仪式如果进行得得体的话，其目的应是抵达未解之谜的最终愿景；我不确定你是否能领会这一点。但我会告诉你这些的，’她说，‘我会尽全力讲的；你尽可能地领会吧。

“‘某个人处理这件事的正确方式，’她说，‘应该是在年轻的时候开始接近美的身体。最初，如果他的向导正确指引他的话，他应该只爱一个身体，并在那种关系中产生美的交谈。接下来，他应该意识到任何一个身体的美都与另一个的密切相关，如果他要追求形式美，而不把所有身体的美看作是完全相同的，则非常愚蠢。一旦他明白这一点，就会热爱所有美的身体，并仅对一个身体释放自己的激情，轻视这种激情并把它视为微不足道的。之后，他应该把心灵的美看得比身体的美更有价值，这样，如果某人有美好的心灵，即使形貌不美，他也会对他感到满足，会爱他、关心他，与他进行那些能帮助年轻人变得更好的交谈。结果，他会被迫观察实践和法则中的美，明白每种美都与其他美密切相关，这样他就会把身体的美看作是微不足道的事物。实践之后，向导必须为他们指引知识的形式，这样他也会明白它们的美。现在他从总体上看待美，而不是仅看个别的例子，就不会像奴隶般的爱慕身体之美、任何特定的人的美，或具体的实践的美。取代这种卑贱、心胸狭窄的奴役的是，他将转向美的汪洋大海，凝视着它，通过对知识无尽的爱，产生许多华美、宏伟的对话和思想。最后，当他以这种方式变得成熟、强大后，他会突然看到一种特殊的知识，这种知识的对象是我接下来要讲的那种美。

"'现在，'她说，'尽你最大的努力集中精神。任何人在受到关于爱的方式这么多教导、以正确的次序和方式看待美的事物后，现在将会抵达爱的方式的终极目标。他会在美的性质中突然看到一些极其美的事物；而这，苏格拉底，正是以前所有努力的最终目标。首先，这种美一直存在，不生不灭；不增不减。其次，它不是一方面美而另一方面丑，或某个时间美而另个时间不美，或与这有关美而与那有关就丑；也不会因为它对一些人来说美而对其他人来说丑就这里美而那里丑。美也不会以脸或手或身体的任何部分的形式出现在他面前；或者以具体的某条知识的形式出现；或者在别的东西中出现在其他地方，例如，在生物、大地、天堂或其他东西中。它会以自身的形式单独出现，形式上总是单一的；所有其他美的事物也有这些特性，但方式不同，当其他事物出现或消失时，它不以任何形式增加或减少，也不会作出任何改变。

"'当某个人通过这些阶段成长，以正确的方式热爱少男，并开始看到那种美的时候，他就接近目标了。这是接近爱的方式或由其他人指引的正确方法：总是从这些美的事物开始，本着抵达那种美的目的成长。像使用楼梯的人一样，他应该从一个身体到两个身体，从两个身体到所有美的身体，从美的身体到美的实践，从实践到美的学习形式。从各种学习形式中，他应该在那种除了美本身别无他物的学习形式处告终，这样他就能完成学习美的真正本质的过程。

“‘在那种生命形式中，亲爱的苏格拉底，’这位曼提尼亚的局外人说，‘如果人的生活值得过的话，就在于凝视美本身。如果你曾注意到，它似乎与金钱、衣服、美少男和青年处于完全不同的层次上。现在你看到这些的时候会如痴如醉，和其他许多人一样，愿意看着自己的情郎并与其永远在一起，如果可能的话，愿意不吃不喝，除了凝视着他们、与他们在一起之外其他什么也不做。因此，’她说，‘如果某个人能看到美本身，看到绝对、纯粹的美，而不是与人的血肉之躯、颜色和大量凡俗的废物杂乱在一起，如果他能看到以独立形式存在的神圣的美本身，我们应该想象它是什么样子呢？你是否会认为，’她说，‘如果某个人以自身正确的部位朝那个方向看，并凝视那个对象、与它做伴，他的生命会是无意义的？你难道没有意识到，’她说，‘只有在那种生命中，当某个人以能看到的部位查看美时，他才能不仅孕育出美德的影像（因为这不是他接触的影像），而且孕育出真正的美德（因为他接触的是真正的美）。那些孕育出真正的美德并对其进行培育的人才有机会受到神的热爱，并变得不朽——如果有人能不朽的话。'

“好吧，费德鲁斯及在座各位，这就是狄奥提玛所说的，我很信服她的话。因为我对其信服，所以我尽力说服他人，若要达到这样，你不可能轻易地为人性找到一位比爱神更好的伙伴。我宣称每个人都应该尊敬爱神，就是以此为基础的，我自己也尊敬爱的方式，并极其小心地实践着它们。这就是我劝说他人这样做的原因，在当前及其他每个场合，我尽自己所能赞美爱神的力量和勇气。这就是我的发言，费德鲁斯。如果你愿意，你可以把它看作是对爱神的颂词，或者你可以给它任何你想给它的名字。”

阿里斯托得摩斯说，苏格拉底的发言完毕后，其他人都在祝贺他，而阿里斯托芬尝试着表达自己的观点，因为苏格拉底在某个阶段提到了他的发言。突然，传来一阵敲击前门的响亮的噪音，听起来像是一些纵酒狂欢者，他们也听到了吹笛女的声音。

“仆人们，去看看是谁，”阿伽松说，“若是我的朋友，就请他们进来；若不是，就告诉他们宴会结束了，我们正要上床睡觉。”

不一会儿，他们听到了庭院中亚西比德的声音；他醉得一塌糊涂，大声嚷嚷着，问阿伽松在哪里，让仆人带自己去见他。他被带了进来，由吹笛女和其他人搀扶着。他站在门口，戴着常春藤和紫罗兰编织而成的厚重花环，头上缠着许多丝带，说：

“晚上好，先生们。你们愿意让喝醉的人（非常醉的人）加入你们的宴会吗？还是我们应该为阿伽松戴上花环（这正是我们来的原因），然后就走呢？我昨天没能来参加你们的庆典，”他说，“但现在我头上戴着丝带来了，这样我可以直接把丝带从我头上取下来，戴到（我想宣布）最智慧、最美的人头上。我想你们会因为我喝醉了嘲笑我的。但即使你们嘲笑我，我也非常清楚我讲的是实话。不过请立马告诉我，我是否可以进来。我能和你们一起喝酒吗？”

大家大声叫着，告诉他进来，坐在长椅上，阿伽松也邀请他进来。所以他由朋友搀着进来了。他解开丝带，打算系到阿伽松头上，丝带滑落到了他的眼睛上。所以他没有注意到苏格拉底，而是坐在阿伽松旁边，在他和苏格拉底之间，苏格拉底看到他后就挪开了。他坐下后，拥抱了阿伽松，并把花环系到他头上。

阿伽松说:“仆人，把他的鞋脱掉，这样他可以坐下来，我们三人坐得舒服一些。”

“好的，”亚西比德说，“但和我们一起喝酒的第三位是谁?”他说话的时候，转了一下身，看到了苏格拉底。他看到他后，跳了起来说，“哦，赫拉克勒斯大神啊，这是怎么回事?这是苏格拉底吗?你又坐在这儿等着我，这样你可以玩老把戏，在我最不希望看到你的地方突然冒出来。你为什么来这里?你为什么选择坐在这里?我看出来了，你没有选择坐在阿里斯托芬或其他愿意愚弄自己的人旁边，而是务必坐在屋子中最有魅力的人旁边。”

苏格拉底说:“阿伽松，请保护我。我对这个人的爱变得多么令人讨厌啊!自从我开始爱他，我就不能看或和有魅力的单身人士说话，否则他就变得非常妒忌、愤怒，变得发疯一样，对我大喊大叫，几乎要痛打我一顿。所以现在一定要保证他不对我做任何事，让我们和平相处;或者如果他开始变得暴力，请保护我。他对自己爱人的癫狂依恋让我很害怕。”

“我和你之间不可能有和平，”亚西比德说。“我下次再跟你算这次的账。但是现在，阿伽松，”他说，“还给我一些丝带，我把它们系到他这个神奇的头上。否则，他会批评我把丝带系到你头上而不是他头上，尽管他总是赶走口头抗辩的来者（两天前你还这样做过）。”

他说着的时候，取下了一些丝带，系到了苏格拉底头上，又坐了下来。他坐下后，说：“先生们，我看你们都很清醒。这可不行；你们得喝酒。这是我们事先同意过的。我们选个司仪，负责大家的饮酒，直到大家都喝醉，我推选——我自己！阿伽松，你若有大高脚杯，拿一个过来。哦，不必了；小子，把那个晾酒器给我，”他看到了那个能盛四品脱多酒的器具。他把它倒满，自己喝了下去，然后让仆人为苏格拉底满上。他边这样做边说，“先生们，并不是我的花招会对苏格拉底产生任何影响。不管你让他喝多少，他也不会醉。”

仆人为苏格拉底斟满，在他喝的时候，厄律克西马库说：“亚西比德，这是什么行为？我们在轮流喝酒的时候不打算聊聊天或唱唱歌，而是好像口渴似的只喝酒吗？”

亚西比德说：“你好啊，厄律克西马库，最杰出——且最温和——的父亲生出的最杰出的儿子。”

“你也好啊，”厄律克西马库说：“但我们应该怎么做呢？”

“你让我们怎么做我们就怎么做。我们应该听从你，因为‘一个医生抵得过许多人’；所以告诉我们你想做的事吧。”

“那么请听我说，”厄律克西马库说，“你来之前，我们决定尽自己所能从左到右轮流作最好的发言，赞美爱神。我们其余人都已经发过言了。虽然你酒喝得很好，但你还没发言，所以你应该发个言。你说过之后，就可以命令苏格拉底做任何你想要他做的事，他也可以对他右边的人这样做，以此类推。”

“好主意，厄律克西马库，”亚西比德说，“但我觉得让一个喝醉的人和清醒的人作的发言相竞争不公平。而且，亲爱的朋友，我希望你不要相信苏格拉底刚才说的任何话。你难道没意识到真理和他说的正好相反吗？如果他在附近的时候我赞美其他人，不管是神还是人，他都会痛打我一顿。”

“多么亵渎神明啊！”苏格拉底说。

“以海神波塞冬的名义起誓！”亚西比德说，“不要在这一点上反驳我。你在附近的时候我决不会赞美其他人的。”

“那好吧，如果你愿意的话，就那样做吧，”厄律克西马库说，“作一个对苏格拉底的颂词。”

“你是什么意思？”亚西比德说，“你认为我应该那样做吗，厄律克西马库？我应该在你们大家面前攻击他、惩罚他吗？”

“等一下，”苏格拉底说，“你计划的是什么——作一个嘲笑我的颂词，还是其他什么？”

“我会讲实话——你让我那样做吗？”

“不过我当然会让你讲实话；实际上，我命令你那样做。”

“那我就开始了，”亚西比德说，“不过我先说明一下。如果我说了任何不真实的事，要是你愿意的话就打断我，指出我说的是假的。我不想说任何假的事情。不过如果我记事情的顺序不对，不要感到惊讶。对于处于像我这样情形中的人来说，要流畅、有序地列举出你的特性的各个方面，可真不容易。

“先生们，我试着通过比喻来赞美苏格拉底。可能他会认为这是在嘲笑他；但比喻是用来说明真相的，而不是用来嘲笑的。我要说的是，他就像你们看到的坐在雕刻家作坊中的西勒诺斯的那些雕像。那些人物拿着牧羊人的管乐器或长笛；打开它们后，你们会发现里面有神的雕像。我还认为他像森林之神玛尔叙阿斯。苏格拉底，你自己也不能否认你外表上像他们；不过接下来你将听到你在其他方面与他们如何相像。

“你很无礼、口出恶言，不是吗？如果你不承认这一点，我来提供证据。你不是会吹长笛吗？实际上，你比玛尔叙阿斯吹得好多了。他凭借嘴的力量使用乐器蛊惑人们，今天吹奏他的长笛乐曲的人也都是如此（我把奥林匹斯的曲调真正看作是玛尔叙阿斯的，因为玛尔叙阿斯是奥林匹斯的老师）。不管这些曲调是由专业演奏者还是可怜的吹笛女演奏，由于其神圣的起源，它们是唯一能用符咒迷惑人们的曲调，显示出哪些人准备好了接受神的启示。你和玛尔叙阿斯的唯一区别在于你不用乐器、仅用语言就能产生同样的效果。当我们听到其他人演讲时，即使他是位优秀的演说家，也几乎对我们产生不了什么影响。但每当有人听到你说话或听到他人（即使他是个蹩脚的说话者）复述你的话，不管是谁（女人、男人或少男）都会如痴如醉、像施了符咒一样。

“若不是你们认为我喝醉了，先生们，我愿意发誓，他的话对我产生影响是真话——现在这些话仍对我产生影响。每当听他说话，我的狂热比科律班忒斯的还有过之而无不及。当他说话时，我的心脏扑通扑通地跳动，眼泪奔流而出，我看到许多其他人也受到同样的影响。我听过伯里克利及其他优秀演说家的演说，我认为他们说得很好。但他们从未对我产生过这种影响；他们没有扰乱我的整体人格，让我对自己生命的奴役性质感到不满。但坐在这里的这位玛尔叙阿斯经常对我产生这种影响，让我认为自己的生活不值得过。你不能说这不是真的，苏格拉底。即使现在我也清楚地知道，如果我放任自己听他说话，我会无法抵制，再次经历相同的体验。他让我承认，尽管由于种种巨大缺陷，我忽视自己，却反而卷入到雅典的政治活动中。所以我强迫自己捂着耳朵走开，就像人们逃离妖妇一样，防止自己在变老之前坐在他旁边。

“只有在他的陪伴下我才会有这种体验，你们可能会认为我不会有这种体验——与某人在一起感到羞耻；我只有在他的陪伴下才感到羞耻。我清楚地知道，我不能反对他，应该做他让我做的事；但离开他后，我就会因人们的赞赏而忘乎所以。所以我表现得像个逃亡的奴隶一样，从他那里逃脱；每当看到他，我都会因为他让我赞同的话而感到羞愧。我经常觉得看到他从人间消失我会高兴；但如果这真的发生，我知道我会更不安。我就是不知道怎样与这个人打交道。

“这就是这位森林之神吹笛时对我及其他许多人产生的影响。让我来告诉你们，这个比喻在某些方面也非常恰当，看看他有多么令人惊讶的力量。你们应该认识到你们中没有一个人真正懂他。但既然已经开了头，我会说明他是什么样子的。你们看到苏格拉底受美貌少男吸引，总是兴奋地与他们一起消磨时间。他也完全愚昧，一无所知。他给人这种印象，不是很像西勒诺斯吗？正是这样。这种行为仅是他的外壳，就像西勒诺斯的雕像的外壳一样。但如果你们能把他打开往里看，我亲爱的酒友，你们无法想象他有多么节制！你们应该知道，他根本不在乎某人是否漂亮（他对此怀有难以置信的蔑视）或富有，或拥有普通人视为的其他优势。他把所有这些看得毫无价值，也把我们看得一文不值。（请相信我！）他整个一生都在伪装，在玩弄人。

“当苏格拉底表情严肃、内心被打开的时候，我不知道你们中是否有人看到过他身体内部的雕像。不过我看到过一次，它们看起来如此神圣、珍贵，如此美丽、让人惊讶，以至于（简而言之）我不得不做苏格拉底让我做的任何事。我认为他对我的相貌感兴趣是认真的，这对我来说是天赐之物、是难得的好运，因为，如果我让他满足，我就能听到他所知道的一切。你们瞧，我为自己的美貌感到骄傲。这之前，我从未在没有随从的情况下和他单独相处；

但一有了这个想法，我就把随从打发走，独自一人和他在一起。是的，我必须告诉你们整个真相；所以仔细听着，如果我说了任何不正确的话，苏格拉底，你必须反驳我。

“好吧，先生们，我们就在那里，只有我们两人。我认为他会立即与我进行爱人与情郎独处时进行的那种对话，心里很高兴。但根本没发生那种事。他与我进行与平常一样的交流，一天过完后就走了。我邀请他来到健身房，与他一起锻炼，我以为可以以那种方式取得些进展。所以我们进行锻炼，旁边没有一人，还摔了很多次跤——怎么跟你们说呢？我还是一无所获。

“由于通过这些方式一无所获，我决定对这个人展开直接攻击，既然已经开始了就不放弃。我觉得我应该了解实际情况如何。我邀请他一起就餐，就好像我是爱人他是情郎一样。他没有立即接受我的邀请，不过最后还是同意来了。第一次就完餐后他就想走，那一次我有点儿害羞，就让他走了。不过我又进行了一次这个计划，用餐后，我一直和他谈话到深夜。然后他想走的时候，我找了个借口，说太晚了，让他留了下来。所以他在我旁边的沙发上躺下睡觉，那是他就餐的地方，房间里除了我们两个就没其他人了。

“到目前为止，任何人听我说都无所谓了。不过从现在开始，有些事你们一般不会听到我说，正如俗语所说，‘仆人离开时酒后吐真言’，仆人不离开时也会吐真言！而且，我认为既然开始了对苏格拉底的颂扬，那么让他的自豪行为湮没无闻将是我的失误。此外，我的经历就像人被蛇咬了一样。有人说拥有这种经历的人只愿意向那些同样被咬过的人述说其中情形，因为只有他们才能懂，且如果那种痛苦驱使你做和说一些令人震惊的事，他们也会体谅。但我是被更痛苦的东西咬的，其中的每一口都极端痛苦（咬的是心或灵魂），或随便你们怎么称呼它。我受到的是哲学言论的撞击和撕咬，当它抓住一个年轻、天才的灵魂时，会比蛇更猛烈地攀附，使其做和说各种各样的事。而且我能看到在座的各位，像费德鲁斯、阿伽松、厄律克西马库、鲍桑尼亚、阿里斯托得摩斯和阿里斯托芬（我无须提及苏格拉底自己）以及其余各位。你们都有哲学的疯狂和醉酒般的狂热，所以你们都会听到我要说的话。你们得体谅我那时做的事和现在说的话。但是你们，仆人及所有其他下人，都堵上你们的耳朵！

“所以，先生们，灯灭之后，仆人离开了房间，

我决定不应该再拐弯抹角，而是坦率地告诉他我心里所想的。我推了他一下，说：‘苏格拉底，你睡着了吗？’

“‘还没有。’他说。

“‘你知道我在想什么吗？’

“‘想什么啊？’他说。

“‘我认为，’我说，‘只有你才配得上做我的爱人，但你似乎很害羞，不愿跟我提及。我告诉你我的感受吧。我认为如果你对我或我的朋友有需求，我不满足你这方面或其他任何方面的需求会很愚蠢。对我来说，没有什么比成为优秀的人更重要了，我认为要实现这个目的，没有人能比你给予我更有力的帮助。如果我未能满足像你这样的人的需求，考虑到明理的人会怎样看待我，与普通、愚蠢的人怎样看待我相比，我会更羞愧。’

“他听了我说的，以他自己典型的极度讽刺语气对我说了这些：‘亲爱的亚西比德，如果你说的关于我的话是真的，且我确实有能力让你成为更好的人的话，你似乎绝不是傻瓜。你肯定从我身上看到了无与伦比的、与你自己的美貌相比优越许多的美。如果你看到了这一点，尝试着与我达成协议，我们用一种美交换另一种美，那么你是打算从我身上大赚一笔。你在试图以外表换取真正的美，所以实际上是在进行“以铜换金”的交易。但仔细看看，我的好朋友，你认为我对你有价值，请确保你没弄错。视力衰退的时候，灵魂才开始变得敏锐，你离那一点还远着呢。’

“听到这些之后，我说：‘依我看，情况就是这样，我的计划正如我所说的。现在由你来决定怎样对你我来说是最好的。’

“‘好吧，’他说，‘至少这一点你说得对。将来我们要考虑做对我们最好的事，既包括这方面的也包括其他事情的。’

“他对我作如此回复后，我认为由于我对他放了箭，他被射中了。我站起来，没给他再多说任何话的机会，把他包裹进我厚厚的户外斗篷里（当时是冬天），躺在他的短斗篷下。然后我用双臂搂着这个像上帝一样、令人惊讶的人，整夜都和他一起躺在那里。你不能说这是谎话，苏格拉底。在我做完这些之后，他彻底击败了我的美貌（并轻视、嘲笑、侮辱了我的美貌），尽管我很看重这些相貌，陪审团的诸位先生们。我这样称呼你们，是因为你们成为了苏格拉底的傲慢事件中的陪审团！我以上帝及女神的名义向你们发誓，第二天早上起来时，我跟苏格拉底睡觉，与跟我父亲或兄长睡觉相比，没有什么差别。

“那之后，你们认为我有什么样的心情？虽然我觉得自己受辱了，但我钦佩他的品行、自制能力和勇气。他是位明智且意志坚强的人，我从未期望能找到这样的人。所以，尽管我不能生他的气或不能没他的陪伴，但我不知道怎样赢取他的心。我很清楚，他完全不为金钱所动，就像埃阿斯不会为武器所伤一样；我视为唯一能赢取他的方法也被证实无效。我感到困惑；我来回踱步，完全沉湎于这个人，比其他人都更甚。

“这些事情发生之后，我们一起参与了雅典抵御波提狄亚的战役，一起领受了那里的混乱。首先要指出的是他比我更能忍受战争的严苛——实际上，他比其他所有人都更能忍受。我们被切断粮食供应之后，就像出征时有时会发生的那样，没有人比他更能忍受饥饿。但另一方面，我们能大吃一顿时，他又是最能享受盛宴的。例如，他虽然不愿意喝酒，但被迫喝时，他能把我们都打败。最令人吃惊的是没人曾看到苏格拉底喝醉过。我觉得你们很快就会看到这一点的证据了。

“而且当提到忍受冬天的严寒时（那里的冬天酷

寒难耐），他的忍耐力也是非凡的。有一次，霜冻很厉害，没有人出去，或者就是出去，也会把自己裹得严严实实的，靴子上另外系上毡或羊皮。但苏格拉底在这种天气下还是穿着以前穿的户外斗篷出去，他光着脚走在冰上比别人穿着靴子走得还稳健。士兵们怀疑地看着他，认为他轻视他们。

“这件事就说到这里；但战场上‘这位刚毅的人接下来所做和忍受的事’值得一听。一天早上，他开始考虑一个问题，就站在那里思考，没取得进展就不放弃，而是一直站在那里思索。中午时，人们注意到了他，惊愕地对彼此说苏格拉底从破晓就开始站在那里思考事情了。最后，到傍晚时，吃过晚饭后，一些爱奥尼亚人把铺盖拿到外面（当时是夏天），部分是为了睡觉凉快点儿，部分是为了密切注视苏格拉底，看他夜晚是否也会一直站在那里。他一直站在那里，直到第二天黎明太阳出来时；然后他向太阳祈祷，就离开了。

“如果你们想知道他在战斗中是什么样子——现在正是我向他还债的机会。在将军授予我英勇奖章之后的战斗中，是苏格拉底（没有其他人）救了我。我受伤后，他没有离开我，所以他不仅救了我的盔甲和武器，还救了我的生命。实际上那个时候我让将军把英勇奖章授予你，苏格拉底。这一点上你不能批评我，或说我撒谎。但将军受到我社会地位的影响，想把奖章授予我时，你自己比将军更热心地认为我应该得到奖章。

“先生们，还有一件事。当军队从代里恩混乱地撤退时，苏格拉底是值得一看的景观。我当时在骑兵服役，而他是甲兵。人们那时已经四散了，他和拉凯斯一起撤退。巧合的是，我就在附近，我看到他们时，就立即鼓励他们，告诉他们我不会留下他们不管的。在那里，我比在波提狄亚能更好地观察苏格拉底（因为我在马背上，不那么担心自己的安全），首先让我心里一震的是他比拉凯斯镇静得多。接下来，我注意到他在那里散步，就像在雅典一样（阿里斯托芬，引用你的话就是）‘大摇大摆，环顾四周’。他冷静地环顾着朋友和敌人，即使在远处的人也知道，如果有人袭击这个人，他会顽强反抗的。就这样，他和他的同伴安全撤退了。通常，战斗中人们不会袭击显出这种神情的人；他们更愿意追赶仓皇逃离的人。

“除此之外，苏格拉底还有许多其他事情值得称赞。其中的一些显著特点也可能在其他人身上找到。但最令人吃惊的一点是他完全不像其他任何人，不管是过去的还是现在的。如果你想说阿喀琉斯是什么样子，你可以拿他与布拉西达斯或其他人相比，伯里克利的话，你可以拿他与涅斯托耳或安忒诺耳相比（还有其他的人），你可以以同样方式作其他比较。但这个人非常奇特，他谈话的方式也很奇特，无论你多么努力地找，永远也不会找到现在或过去与他相近的人。实际上，你们能做的最好的就是像我做的那样，当我比较他及他的谈话方式时，不是与人类相比，而是与西伦尼和森林之神对比。

"这是我开始时忘记说的：他的论述也非常像那些你们打开的西伦尼。一听苏格拉底的论述，起初似乎会觉得非常荒谬。这是他使用的词和语句的缘故，它们就像无礼的森林之神粗糙的皮肤一样。他谈论驮货的驴子、铁匠、鞋匠、皮匠，似乎总是用相同的话得出相同的论点；所以不习惯他的人或无知的人会觉得他的论述很荒谬。但如果你能打开它们，看看内部，就会发觉只有那些论述才有道理。你也会发觉它们是最神圣的，包含最多的美德影像。它们涉及大部分（更确切地说是所有）的主题，如果你想成为优秀的人，必须细阅所有这些主题。

"先生们，这就是我赞美苏格拉底的话。我也掺杂了一些对他的责备，告诉你们他是怎么侮辱我的。

我并不是唯一一个受到他这样对待的人；还有格老孔的儿子查米德斯、狄奥克莱斯的儿子欧西德莫斯及许多其他人。他欺骗他们，让他们认为他是自己的爱人，结果他却是被爱的人，而不是施爱的人。我警告你，阿伽松，不要被他骗了，而要从我们的遭遇中吸取教训，要谨慎一些，如谚语所说，不要成为傻瓜，只从自己遭受的痛苦中学习。”

亚西比德的坦率发言带来了许多乐趣，因为他似乎还在爱着苏格拉底。苏格拉底说：“我认为你非常清醒，亚西比德。否则你不能够隐藏你整个发言的动机，巧妙地用这种方式掩盖着它。你在最后泄露了出来，好像是你的事后想法——好像你整个演讲的目的不是为了离间我和阿伽松一样。你这样做是因为你认为我应该只爱你一人，而不是其他人，阿伽松应该只被你爱，而不被其他人爱。但你没有侥幸成功；我们看出了你的这场森林之神和西勒诺斯把戏的目的。但是，亲爱的阿伽松，不要让他得逞；一定不要让任何人离间我和你。”

然后阿伽松说：“你知道，苏格拉底，我认为你一定是对的。他坐在我和你中间，把我们分开，是别有用心。但他不会得逞的。我过去，坐在你旁边。”

“请过来吧，”苏格拉底说，“坐在这一边。”

“哦，宙斯啊！”亚西比德说，“我真是受够了这个人！他认为他总得胜过我。但如果没有别的办法（你这个令人惊讶的人）就让阿伽松坐在我们俩之间吧。”

“那是不可能的事，”苏格拉底说，“你已经赞美过了我，现在该我赞美我右边的人了。如果阿伽松坐在我们之间，他不是也得赞美我，而不是受我赞美吗？看在上帝的份上，不要阻止这个年轻人受到我的赞美；我有赞颂他一番的强烈愿望。”

“好哇，”阿伽松说，“亚西比德，现在我决不会再待在这里了。我必须换位置，让苏格拉底赞美我。”

“又是这样，”亚西比德说，“总是老样子。苏格拉底在时，别人休想接近有魅力的人。现在，看他多么机智地找到一个貌似有理的借口，说明为什么这个人应该坐在他旁边。”

所以阿伽松站起来，去坐到苏格拉底旁边。突然，一大群饮酒狂欢者来到了前门。由于某个人刚出去了，他们发现门是开着的；所以他们直接闯了进来，加入了他们，坐在沙发上。到处都是嘈杂声，所有的顺序都被打破了；每个人都被迫喝了大量的酒。阿里斯托得摩斯说厄律克西马库、费德鲁斯及其他一些人离开了，而他睡了很长时间，因为那时候夜很长。将近黎明时他醒了过来，那时公鸡已经开始打鸣了。他一醒来，就看到其他人要么正睡着，要么已经离开了，只有阿伽松、阿里斯托芬和苏格拉底还醒着，正用一个大碗喝酒，碗从左到右传递着。苏格拉底正与他们说话。阿里斯托得摩斯说大部分争辩他已记不得了，因为他错过了开头，中间又睡着了。但他说，要点是苏格拉底迫使他们同意同一个人应该既能写喜剧又能写悲剧，擅长写悲剧的人一定也擅长写喜剧。虽然他们昏昏欲睡，没跟上他的思路，但他让他们同意这一点；阿里斯托芬先睡着了，天已经破晓时阿伽松也睡着了。

他们睡着之后，苏格拉底站起来，离开了。阿里斯托得摩斯像往常一样跟着他。苏格拉底去了学园（吕格恩），洗了脸，像平时一样在那里度过了一天，直到傍晚才回家休息。

➛ 洞穴寓言（选自《理想国》）

一、苏格拉底一开始提到了哲学家必须具备的各种素质，然后着重强调这些素质必须建立在学问的基础之上，最终则是建立在为善的学问基础之上。对苏格拉底来说它是善的本质，正如此段文字所阐明的那样。一些人认为善即快乐，或者认为善即学问。苏格拉底简明扼要地驳斥了此类观点，却拒绝直接给出自己的看法，而是借用一个比喻来描述他的观点。

“好了，我们总算完成了这部分任务——真是不容易啊；下面继续讨论下一个问题，研究如何通过学习和不懈的追求，造就出这个社会制度的捍卫者。他们要学习什么东西？从什么年龄起就要开始学习？”

“对，这就是我们下一个要讨论的问题。”

“我耍了一点小聪明，”我说，“我把娶妻、生子、确立统治者这些难题都放到了后面去讨论。不过，到头来我并没占到一点便宜，最终还是要论及的。我心中构想的那个真实社会必定会触怒一些人，而且也难以实现。这一点我十分清楚，不过我还是要把它描绘出来。妇女和儿童问题我已经谈过了，现在得重新讨论统治者的问题。你记得我们曾经说过：他们必须要热爱自己的国家，必须经历快乐和痛苦的双重考验，以确保他们在面对痛苦、恐惧和各种兴衰荣辱时，仍然能够矢志不渝；没能通过测试的人，必须予以淘汰；经受住了考验而且毫发无损的人，就好比真金一样不怕火炼，理应被拥立为统治者，生要享有荣光，死要加以褒奖。我们大概就是这么说的。不过，由于担心过早卷入我们今日的议题，当时我们神不知鬼不觉巧妙地回避了这个问题。”

“是的，我记得这件事。”他说。

“你知道，我在说出这番不太成熟的观点之前，也是犹豫再三的，”我回答道，“不过，现在我可以斗胆直言：从最完美的意义上讲，我们的守护者只能是哲学家。”

“好吧，就照你说的。”

“想一想这样的人总共能有几个。我们前面曾经说过，这些人必须具备某种品格，而这种品格又包含了多个方面的品质。通常一个人不会坐拥全部品质，多数情况下仅具有某些品质。”

“此话怎讲？”

“一方面具备好学、强记、头脑机灵、敏锐等各方面的素质，而且积极进取、视野广博，但另一方面却常常不愿意过按部就班、安静稳定的生活；敏锐的性格让其性情变得扑朔迷离、变幻莫测，毫无稳定可言。”

“说得对。”

“而且，你可以信赖的始终如一的稳重之人，尽管在战争面前毫不畏惧，但同样也不会为说教所动。他们这种难以撼动的性格最终确实会令他们变得麻木不仁。当需要他们奉献才智的时候，他们会打着哈欠，昏然入睡。”

“确实是这样的。”

“但是我们需要的是完全兼备两种品格的人，让他们接受最高等的教育，并赋予他们地位和权力。”

“没错。”

“这样的人才可谓凤毛麟角。”

“是很少见。”

“我们不仅应当在前面描述的苦与乐的环境中考验他们，还应当在以往曾经忽略的系列智力学习中考查他们，以检验其是否具有追求最高层次学问的毅力，是否会像其他人畏惧体能测试一样回避退缩。”

“很公道的测试。不过，”他问，“最高层次学问指的是什么？”

“你一定记得，”我回答道，“先前我们在区分过头脑三要素之后，又讨论了正义、自我控制、勇气和智慧问题。”

“如果连这我都不记得，”他说，“我就不配再听别的东西了。”

“那你还记得我们在谈论这些话题之前说过什么吗？”

“说过什么？”

“我们说过，只有绕过一个很大的弯路，才有可能获得真正清晰的认识，不过我们可以根据前面的讨论给出一些暗示。你说那已经够好的了。正因为你的那句话，后面的描述在我看来便不是十分精确了。对你来说是否足够精确，只有你自己知道。”

“我认为你提出的衡量标准不错。我想其他人也是这么认为的。”

“我亲爱的阿得曼托斯，在这类问题上，任何失真的东西都不能作为衡量标准，”我答道，“你不能用本身不完善的东西去衡量任何东西——尽管人们有时会满足于此，而不愿做进一步深究。”

“是的，通常是因为他们太懒惰了。”

“国家和法律的守护者最要不得这种品行。”

“说得不错。”

“那么，他就必须走那条较长的路，”我说，“他必须像锻炼身体一样刻苦地进行智力训练；否则，就像我们刚才说的那样，最终他永远都达不到那个本应属于他的做学问的最高境界。”

“最高境界？”他问道，“可是有比我们讨论的正义和其他品质更高层次的东西吗？”

“有。”我说，“我们不应该仅满足于拥有这些品质的一个草图，而不去充实每个细节。如果我们在小事情上都能全身心投入，力求尽可能高的精确度和清晰度，而在最重要的事情上反而不需要最高的精确度了，这不是十分荒谬吗？”

“是十分荒谬，”他表示同意，“但别指望蒙混过关，你还得回答最高层次的学问是什么这个问题。”

“我不指望蒙混过关，”我答道，“你问吧。其实你已经听过很多遍了。要么你是真的不明白，要么你就是一直存心给我难堪——我觉得是后一种情况，因为你肯定经常听过我说，学问的最高层次是关于善的本质的学问，正义一类事物的实用性和价值从中得以体现。你非常清楚这就是我要说的。另外，我还要补充一点，我们这方面的学问还很不够。如果我们对此一无所知，那么，其他方面的学问纵使再完美，对我们来说也是毫无裨益的。这就好比是说，如果你无法从你拥有的东西中得到任何好处，那么，即使拥有它也没什么用处。换句话说，如果东西不好的话，你认为拥有它还有任何意义吗？如果拥有所有其他形式的学问，但唯独没有善的学问，也就是说，缺乏有关什么是好的、什么是有价值的这方面的知识，这样的话，还有什么意义吗？”

“肯定没有任何意义。”

“当然，你也清楚，大多数普通人都认为快乐就是善，而阅历丰富的人则认为学问才是善。”

“是这样的。”

“但是，那些持后一种观点的人却无法向我们解释清楚他们所指的是哪种学问。如果他们被逼问急了，最后就会说他们指的是善的学问。”

“这是很荒谬的。”

“他们先是批评我们不懂善，但回头与我们交谈时，却又把我们当成懂善的；因为他们说这就是‘善的学问’，就好像他们在说‘善’字的时候，我们都能理解他们的意思。如果是这样的话，他们就无法回避自身的荒谬。”

“完全正确。”

“那些把善定义为快乐的人呢？他们面临的困惑会少一些吗？是不是他们也不得不承认存在恶的快乐？”

“他们当然得承认。”

“结果他们会发现自己承认同一事物是既有善的一面，又有恶的一面，对吗？”

“对。”

“所以说这个议题明显极具争议。”

“的确是这样。”

“再者，当涉及正义或价值观方面的问题时，不论是占有，还是行动，抑或是荣誉，很多人宁肯注重外在的东西，也不在意实实在在的东西；可是，没有人仅满足于拥有看起来好的东西，他们要的是实实在在好的东西。在这个问题上外在的东西没有任何用处。这些现象是不是也很明显呢？”

“绝对明显。”

“那么，善是全部劳动付出的结果，是每个人心中的目标，并且它预言了自身的存在，尽管人们发现很难把握它究竟是什么；由于没有像处理其他事物那样的把握，所以善缺少其他事物所具有的价值。我们将要把一切事物都托付给这些最优秀的公民。如果他们对如此重要的问题一窍不通，我们能答应吗？”

“绝对不答应。”

“不管怎样，如果一个人不知道何处有善的话，那么，让他来保卫正义和价值观，也就没有多大的用处。我猜只有在他搞明白何处有善之后，才能充分理解这些。”

“你猜得有道理。”

“所以说，只有将我们的社会置于拥有这门学问的守护者监管之下，社会才能得到妥善管理。”

“必须这样，”他说，“可是你呢，苏格拉底？你认为善是学问呢，还是快乐呢？还是其他的什么东西？”

“你这个人哪！”我惊叫了一声，“我很久之前就看出来了，你对别人的意见总是感到不满意！”

“可是，苏格拉底，给了你这么长时间谈论这个话题，”他抗议道，“你却只给我们讲别人的意见，而不是你自己的意见。我认为你不应该这样。”

“的确不应该。不过，如果一个人谈论自己不懂的事情时却给人一种好像他什么都懂的感觉。你认为这样就对吗？”

“他没有权利像个万事通似的高谈阔论。但他应该精心准备，把自己的想法说出来。”

“嗯，”我说，“难道你没注意，如果没有知识的支撑，观点总是很可悲的一件事吗？最理想的情况就是瞎蒙却蒙对了——虽然自己不甚理解，但却恰好持一种正确的意见，就好比一位盲人走对了路一样。不是有这样的人吗？”

“是有这样的人。”

“那么，如果你能够从其他人那里得到异常清晰的描述的话，那你还会想从我这里得到一幅简陋不堪、难以理解、支离破碎的画面吗？”

“现在你就行行好吧，都快到终点了，千万不要放弃啊，苏格拉底。”格老孔乞求说，“如果你能像解释正义、自我控制等概念一样来解释什么才是善，我们就会心满意足的。”

“那样的话，我也会心满意足的，我亲爱的伙计。”我回答道，“不过，我担心这超出了我的能力所限。我要是这样做的话，只会让我自己出丑，惹来他人耻笑。所以，请允许我们暂时把善的本质是什么的问题先放在一边，在今天所讨论的范围里恐怕是找不出一个令我满意的答案的。不过，如果你喜欢的话，我会谈一件事。它在我看来就好似是善的孩子，与善长得非常像——你愿不愿意听？”

“给我们讲讲这个孩子的事吧。孩子家长的那笔账就先记在你的账上，留着以后再讲。”他说。

“我希望欠你们的债能够连本带息地还给你们，而不仅仅是支付贷款利息。”我回答道，“不过，现在你们只能把善的孩子的故事当作利息收下。当心我不留神把到期利息金额写错了，那样的话你们就上当了。”

“我们会加倍小心的，”他说，“接着往下讲吧。”

二、太阳的比喻 [……]

“我必须首先征得你们的同意，并提醒大家我们在前面的讨论中曾经说过的事情，实际上还有在许多其他场合讲过的事情。”

他问：“都是些什么？”

我回答说：“我们说过，有很多特定的东西都非常美，还有很多东西非常善，诸如此类，而且在描述过程中我们还对它们进行了区分。”

“是的，我们是说过。”

“接着我们针对我们认为数量很多的那些特定的东西，又谈到了美本身和善本身等问题。然后，我们通过对比，推断出每样事物都是独一无二的种类，并称之为每样事物‘真正是什么’。”

“是这样的。”

“我们说过这些特定的东西是视觉意义而不是智能意义上的东西，而其种类则是智能意义上而不是视觉意义上的东西。”

“当然。”

“我们看到的一切是用身体的哪个部分看到的呢？”

“视觉。”

“我们用听觉来听，用其他感官来感知与之相应的事物。”

“当然了。”

“不知道你注意到了没有，”我问，“我们的感官设计者在赋予我们视力，让我们能够看见东西的时候是多么慷慨？”

“没有注意到。”

“那么我们就再来看一遍 。听觉和声音是否需要借助他们自身之外的另外一种形式的东西，才能让耳朵听得到，让声音听得见（即第三种要素），没有它的话，既没法听，也听不见？”

“不需要。”

“其他大部分感官，也可能是全部感官，也都是如此。你知道有什么感官需要这种东西吗？”

“不，我不知道。”

“但不知道你是否注意到了视觉及可见的东西的确需要这种东西？”

“怎么会呢？”

“假设眼睛具有视力，眼睛的主人也准备用视力去看东西，再假设物体具有颜色，可你知道，要是不专门地、自然地借助用于这个第三种要素的话，他什么东西也看不到，颜色也依然不可见。”

“那是什么东西？”他问。

“一种叫作光的东西。”我答道。

“对。”

“也就是说，如果光算是一种宝物的话，那么，视觉与物体的可见性就是用这样一条比任何东西都宝贵的纽带连接在一起。”

“光当然算是宝物。”

“那么，在众多天体当中你认为是哪个天体成就了这一切？又是哪个天体发出的光能够让我们的眼睛完美地看到东西，东西也能够为我们所见呢？”

“我的看法跟你和其他人是一样的，当然是太阳。”

“那么视力与这种神圣的光源有怎样的关联呢？”

“怎样的关联？”

“太阳不等同于视力，也不等同于视力所依赖的东西，也就是我们所说的眼睛。”

“它们是不同的东西。”

“但在所有的感觉器官当中，眼睛是最像太阳的。”

“是很像。”

“所以，眼睛的视觉能力，是太阳所赋予的一种能力。”

“是的。”

“而且，虽然太阳本身不是视力，但它却是视力产生的原因，并且能够为视力所见。”

“是这样的。”

“其实，那就是善的孩子。”我说，“善所生的孩子与善长得极为相像。在思想世界里，善与智能和可理解的事物之间存在的关联，同样也存在于有形世界里视力和可见物体之间。”

“你能再详细解释一下吗？”他问。

“你知道，当我们把目光转向阳光照射不到的物体时，借助于月光或星光，物体的颜色会看起来灰暗一片，眼睛好像失明了一样，仿佛视力原本就是模糊的。”

“是的。”

“但是，当我们把目光转向阳光照射的物体时，就会看得很清楚。这时眼睛明显是有视觉的。”

“肯定是这样的。”

“让我们借这个比喻来描绘一下心灵。当心灵之眼凝视着被真理和现实照亮的事物时，是完全能够认识和理解这些事物的。显然，心灵具有智能；但是，当心灵之眼盯住充满变数和衰败景色的黄昏世界时，心灵只能形成飘忽不定的意见，视野会变得模糊起来，明显缺少智能。”

“真的是这么回事。”

“那么说，赋予学问以真理，赋予认知者心灵以认知能力，这便是善的本质。它是学问和真理的动因，自身是为人所知的，但又不是学问和真理本身，而是一种更加辉煌的东西。你如果是这么想的，就对了。就好比说，把光和视觉看作与太阳类似的东西是正确的，但把它们看作太阳本身则是错误的。同样道理，把学问和真理看作与善类似的东西是可以的，但把它们看作是善本身则是大错特错，善是更高层次上的东西。”

“如果善是学问和真理的源泉，而且比之更加灿烂辉煌，你可真是把它奉若神明了。我想你不会指的是快乐吧？”他问。

“你这个想法真可怕。”我答道，“我们继续我们的比喻。”

“往下讲吧。”

“太阳不仅让我们看到世间万物，而且推动万物出生、成长和获取营养的进程，但其并非这个过程本身。这个观点我想你也同意。”

“同意。”

“因此，可以说善不仅促成学问知识为人所理解，而且促成对它们自身和现实的理解；不过，善本身不是指现实，而是超越了现实，并较之更加高贵、更加权威。”

“真是奇迹般的超然。”格老孔略带戏谑地说。

“这可不能怪我，”我抗议道，“是你让我心里怎么想的就怎么说的。”

“是我让的。请继续往下说。不管怎么说，如果你那个太阳的比喻还没讲完的话，还请你把它讲完。”

“离讲完还早着呢。”

“那就接着讲，不要遗漏任何东西。”

“恐怕必须略去很多内容。”我说，“不过，我会尽力把我目前所知道的一切都讲出来。”

“好的，请吧。”

分割线

柏拉图解释说，分割线比喻是太阳比喻的续篇，旨在进一步说明太阳比喻所涉及的现实中两种层次之间的关系。但它是从一个特定的角度来讲述的，即我们用来理解这两种层次或领域的心智状态。因此，这个线的目的主要也不是用来给事物分类。与可知领域相关的两种心智状态，都是与同种类型的东西（本质）打交道，尽管每种心智状态的处理方式各不相同；虽然在物质世界里，物质的东西与其自身的影子有区别，但这种差异主要用于阐明需要了解的东西当中存在的“真实”或真实性的程度——如果我们的学问仅局限于它的影子或影像，那么，我们对自身学问的东西了解就太有限了。就这个问题而言，就是仅仅局限于肤浅的外表了［……］

“那么，”我继续说道，“你必须假设存在我前面提到的这两种能力。一种能力比可知层次或领域内的所有东西都至高无上，另一种能力则凌驾于可见领域内一切东西之上——我不会说是在物质宇宙当中，否则你会认为我是在玩文字游戏。不管怎么说，你头脑面对的是两个层次上的东西，一个是可见的东西，一个是可知的东西。对吗？”

“对。”

“那好，假设有一条线，你把它分成了长短不等的两份。然后，你再按照相同的比例，把它们分成两部分，分别代表可见层次和可理解层次。你会在可见的层次上看到一个以模糊与清晰相对照的形式展现的、由影像构成的二次分段。如果你听得懂我说的话，我这里的‘影像’首先指的是阴影，然后指水面和其他光滑细致的表面反射的影子。”

“我听得懂。”

“其他二次分段代表着这些影像对应的原始实物本身——我们身边的各种动物、植物和人造物品。”

“说得很好。”

“你是不是准备说这些分段的区别在于：一个是真实的，一个是不真实的，而且，影像与原物之间的关系，就如同意见领域和学问领域之间的关系呢？”

“我肯定会这么说。”

“下面再考虑一下如何划分这条线上的可知部分。”

“如何划分呢？”

“在其中一个二次分段上，心智这次把可见领域中的原始实物作为影像，一切探究只能在假设的基础之上进行，从中得到的不是基本原理，而是结论性的东西；在另外一个二次分段上，它从假设上升到了不包含假设的基本原理，而且没有用到在另一个二次分段中用到的影像，而只是用类型自身或通过类型自身进行探究。”

“我听不大懂。”

“我再试着解释一下。不过，我刚刚谈到的东西会对你有点帮助。我想你也知道，那些学习几何、算术一类课程的学生，一开始会假设有奇数和偶数、几何图形、三种角以及与课程相应的其他东西；他们把这些东西都当成已知的，把它们作为最基本的假设。由于这些东西属于尽人皆知的东西，因此，完全没有必要对其自身进行任何的解释。他们以此为起点，通过一系列连贯的步骤，得出了他们想要得到的结论。”

“对，这个我肯定懂。”

“你还知道他们使用可见的图形进行研究。但是，他们心里想的实际上不是这些图形，而是这些图形所代表的原始事物；他们所研究的并不是他们所绘制出的正方形、对角线或是其他什么图形本身。他们所绘制或仿真的图形，在水中投下了自身的影子，并反射出去——他们只把这些当作影像而已，而他们研究的真实物体只有理性的眼睛方能看到。”

“非常正确。”

“我把此类东西称为可知的东西。我还说过，心智在研究它的过程中迫不得已使用了假设，但由于无法摆脱和超越假设，也就无法上升到基本原理的层面；不过，同样是这些东西，由于它们在较低的层面上留有影像和影子，用它们的示意图与其进行对比，会因其更加清晰而受到重视，也就更有价值。”

“我明白了，”他说，“你说的是几何学和相近学科发生的事。”

“那么，当我提到这条线上可知部分的另外一个二次分段时，你就会明白我的意思是指辩论过程本身通过辩证法的力量所理解的东西；它不是把假设当作原理，而是当作真正意义上的假设，也就是说，把它作为出发点和上升到更高层次的跳板，那里没有假设，只有万物的基本原理；而一旦掌握了基本原理，通过遵循其后面的推论，回过头来又可以得出结论。整个过程没有涉及可感知的世界里的任何东西，而只是从一种本质到另一种本质，最后归结为本质。”

“我明白你的意思了，但没有全懂，”他说，“你所描述的东西貌似说来话长。但是，你想区分辩证法所研究的真实与可知的部分，因为这部分比所谓的‘学科’所研究的东西清晰程度更高一些。尽管这些学科在研究他们自身的题材时也要使用推理，而不是感官知觉，但他们把假设当成了基本原理。由于他们在研究过程中从假设出发，无法到达基本原理的层次，所以，你认为他们在这个问题上面没有展现出理智。尽管借助于基本原理，它是可知的。我认为，你把几何学家一类人的思维习惯称为推理，而不是理智，意思是说，推理是介于意见和理智之间的一种东西。”

“你理解得非常好。”我说，“可以这么认为，与四段分隔线对应的是四种心智状态；位于最顶层的是理智，第二层的是推理，第三层的是信念，最下面的一层是幻觉。你可以按比例排一下，假设它们的清晰程度与题材所具有的真实程度相对应。”

“我懂了，”他答道，“我同意你的建议，把它们排列一下。”

洞穴的比喻

那个分割线比喻当中所蕴含的真理，可以用更形象化的方法展现，尤其是它可以告诉我们更多有关分隔线比喻当中称之为信仰和幻觉的两种心智状态方面的事。我们看到了心智从幻觉升华到了纯哲学，也看到了伴随其成长所经历的艰难困苦。哲学家在到达视野的最高点后，应返回到山洞中，为他的同伴服务。他极不情愿这样做，但这却成了他的主要资本［……］

“接下来，我想让你描述一下我们人类的启蒙状态或者愚昧状态。把一个地下密室想象成类似洞穴的东西，长长的密室入口面对阳光，入口的宽度与洞穴一样宽。住在这个地下密室里的人，从小就被囚禁于此。他们的腿和脖子被铁链绑得很紧，头也无法转动，只能直视前方。在他们的身后、上方，有一团火正在熊熊燃烧。在囚徒与火之间，有一条走道相通。通道的前面竖起了一面幕墙，就像在木偶表演（皮影戏）中操纵者与观众之间放置的那种幕布。”

“明白。”

“继续想象有一群人携带各式装备在幕墙后面行走，并在它的上方投射出了影子，包括用木头、石头和其他各种材料制作的人和动物。也可以想象得到，这些人中有的在谈话，还有的沉默不语。”

“真是怪异的画面，怪异的囚徒。”

“这都是依据真实生活描绘出来的啊，”我回答道，“你说说看，这些可怜的囚徒除了可以看见火光在他们对面的洞壁上投射的影子之外，你认为他们还可以看到自己或他们的同伴吗？”

“如果一辈子都不允许他们转头，他们又怎么可能看到其他东西呢？”

“他们能看到通道上被搬运的那些东西吗？”

“当然不能。”

“那么，假使他们能够互相交谈，难道他们不会断定他们所看到的影子都是真实的事物吗？”

“他们难免会这样认为。”

“假使囚室里他们正对着的那面墙能够反射回声，如果一个人路过时发出了声音，难道你不认为他们会断定这个声音就是他们面前的影子所发出的吗？”

“他们只能这样想。”

“所以，他们完全相信，这里提到的物体的影子就是全部的事实真相。”

“是的，他们难免这样认为。”

“那么，设想一下，如果有一天解除了他们的禁锢，治愈了他们的错觉，那将会是一番怎样的景象？假设将其中一个人松了绑，然后强迫他站立起来，转过头，目视火堆，并向火堆走去；这些动作会令他痛苦不堪，眼前的一切会让他眼花缭乱，难以看清原先他只能看见其影子的物体。如果有人告诉他，他以前看到的东西都是空洞的、虚假的，他现在看到的东西才更接近于真实，观看的方法也更正确，这是因为他面对的是更真实的东西。如果在此基础上，再指着从他面前经过的每样东西，强迫他说出这些东西都是什么。如果是这样的话，你觉得他会怎么回答呢？难道你不认为他会不知所措，并且认为他以前见过的东西比现在指给他看的东西更真实吗？”

“是的，他会认为以前的更真实。”

“如果强迫他对着火光看的话，会伤害到他的眼睛。他会转身回到他能够看得清的事物中去，他认为这些东西比指给他看的东西要清晰得多。”

“是的。”

“如果把他强行拉上那条陡峭崎岖的上坡道，直至把他拖出洞外，见到洞外的阳光，”我继续说着，“这个过程会令他非常痛苦，他也会非常抵触。当他来到阳光下，耀眼的阳光会刺得他的眼睛无法睁开，人们说的真实物体他一样东西也看不清。”

“一开始肯定看不清。”他表示同意。

“因为在他可以看清洞外世界里的东西之前，肯定需要时间慢慢地去适应外面的光线。首先，他会发现最容易做的事就是看影子，然后是看人和其他物体在水中的倒影，最后再去观看物体本身。此后，他会发现在夜晚时分观察天体和天空会容易一些，还会发现在夜里观看月光和星光，要比在白天看太阳和太阳光容易得多。”

“当然了。”

“他最终能够做到直视太阳本身，而不必通过太阳在水或其他介质中的倒影来观看，而是直接盯住太阳看。”

“必须最后做这事。”

“不久，他就会得出一个结论：正是太阳才带来了四季变化和昼夜更替。太阳主宰着可见世界里的一切，并且从某种意义上讲，太阳也是他和他的囚徒同伴过去看到的一切的起因。”

“很明显他会得出这个结论的。”

“当他想起他在洞穴里的那个最初的家，想起曾经被当作智慧的那些东西，想起他的那些囚徒同伴，难道你不认为他会为自己的幸运感到庆幸，并为他的同伴感到难过吗？”

“非常有可能。”

“囚徒当中有可能也存在某种荣誉感，那些把闪过的影子出现的先后顺序记得最牢的囚徒，还有那些预言影子未来出现次序最准确的囚徒，会因其敏锐的眼力而受到大家的赞扬。那个获释的囚徒还会热衷于这种表扬、羡慕这种能力或荣誉吗？他可能宁愿‘在失去主人的房子里当一名农奴’，实际上你让他在世界上做其他什么都行，他也不愿意再和囚徒们持相同的看法，过相同的生活。难道他不会如荷马所说的这样吗？”

“会的，”他回答说，“他宁愿做什么都行，但就是不愿意像他们一样生活。”

“那么，当他有朝一日回到洞穴，”我问，“坐回到他原来的位子上时，你觉得会发生什么事情？难道他的眼睛就不会因为阳光突然消失而完全被黑暗所笼罩，于是就什么都看不见了吗？”

“肯定会这样的。”

“假使在他视力没有恢复、眼睛也没有习惯黑暗之前（这个过程需要一段时间）让他和其他囚徒展开区分影子的比赛——他还有可能会自欺欺人，愚弄自己吗？囚徒们会说，他的外面世界之旅把他自己的视力都给毁了。上到上面去的想法根本一点都不值去试。假使有人试图释放他们，并带他们到上面去。如果他们抓住他，一定会杀了他。”

“他们肯定会杀了他。”

“我亲爱的格老孔，”我接着说，“现在，必须把这个比喻与前面所讲的东西贯穿在一起讲。视力所揭示的世界好比囚室，囚室里面的火光好比太阳的力量。如果你把去到上面的世界以及在那里看到的一切与心灵上升到可知领域联系在一起，你就不会理解错误。不管怎样，这就是我的解释，也是你急于想听的东西；不过，真相终究如何只有上帝才知道。但在我看来，在可知世界里最后感知到的、物有所值的东西，也是必须克服困难才能感知的东西，就是善的本质；一旦看清善的本质，就可以推断出它是一切万物中正义和价值的根源，在可见世界里发出光芒，是光的源头，而在可知世界本身，则是主宰真理和智慧的根源。无论是在公共生活当中，还是在私人生活当中，若要行事理智，就必须能看得到善的本质。”

“你的话当中我能理解的，”他说，“我都赞同。”

“那么你也许也会同意我的这个看法：那些达到此境界的人不愿意参与人间凡事，他们的心灵也希望被留在上面的那个可知世界中。如果真是这样的话，其实不足为怪。如果我们的那个比喻恰当的话，这种事情是会发生的。”

“是的，可以料到。”

“这种人从神圣的沉思当中返回到凡间，接踵而来的烦恼会令其苦不堪言。如果他此时仍看不见东西，还没有习惯周围的黑暗环境，就强行让他在法庭或其他什么地方，对正义的影子，或者对作为和构成影子的影像进行审判，对从未见过正义本身的人们所持有的、有关正义的观念进行辩论。如果是那样的话，你也不会认为很奇怪的。”

“这没有什么可奇怪的。”

“但凡有点理解力的人，”我说，“都会记得有两种方式可能会让人的眼睛失去视力，从亮处到暗处，或者从暗处到亮处。他们认为同样的情况也适用于心智。所以，当他看到一个受到困扰的、无法判明事理的心智时，他不会不加思索地大声嘲笑它，而是会先问一下自己，它是否来自于一个更清晰的世界，因不习惯这里的黑暗而受到困扰，或者它是否刚刚从先前的无知状态逃脱出来，被来自更清晰的世界发出的强烈光芒刺得眼花缭乱。生命的第一种状况有理由祝贺，生命的第二种状况则有理由同情。如果你想讥笑的话，就讥笑从上面的阳光世界下降到黑暗世界的心灵吧，这样就不会显得那么荒谬。”

“你讲得非常合乎情理。”

“如果这是事实的话，”我继续说，“那么，我们必须摒弃职业教育家的教育观念，他们宣称能够把知识灌输到原先没有知识的大脑中——就好像是说他们可以把视力赋予到失去视觉的眼睛里一样。”

“他们肯实这样说过。”他说。

“不过，我们的讨论表明了以下事实：对知识的接受能力是与生俱来的，而用于学习的器官像眼睛一样，是无法从暗处转向亮处的，除非整个身体能够转动；同样道理，必须让心智作为一个整体，从变革的世界中脱身出来，直至心智之眼可以承受直视现实，直视现实中最耀眼的东西，即我们称之为善的东西。难道不是这样的吗？”

“是这样。”

“那么，心智本身的这种转向，也可以作为一门专业技能，用来尽可能简单高效地完成这种转换。

我们关心的不是植入视力，而是确保原本拥有视力的人既没有转错方向，也没有看错。”

“可能是这么一回事。”

“所以，剩下的我们通常称之为心灵美德的东西，也许与身体的优点十分相似，因为这些优点其实都不是与生俱来的，而是通过后天的训练和实践获得的；不过，学问看起来肯定拥有更加神圣的性质，一种从来不会丧失能力的东西。不过，其效果可能是有用的和有益的，也可能是无用的和有害的，视其调转的方向而定。你难道没有注意到，那种通常被称为坏人，但却很聪明的人，其目光有多敏锐？他们心胸狭窄，但在事关他们自身利益的事情上却目光敏锐，极为犀利；不是说他们的视力有多么微弱，而是说他们被用于邪恶的目的，所以，他们的视力越敏锐，就越邪恶。”

“这倒是真的。”

“但是，”我说，“假设从他们很小的时候，就把这种品性与这个多变的世界本该有的重负隔离开来，强加到他们身上的是各种感官享乐，如贪食。这些东西扭曲了他们的灵魂，使之变得低级趣味；再假设他们的这种品性得到了释放，转向了真理，那么同样这些人的同样器官，会对真理有同样敏锐的视力，就像现如今他们对所面对的事物具有的那种敏锐视力一样。”

“非常有可能。”

“没有受过教育、不懂真理的人，是永远管理不好这个社会的，那些终生单纯追求学术的人，同样也是永远管理不好这个社会的。难道不是这样的吗？实际上从我们讲过的东西里必然会得出这个结论。没有受过教育的人，其在公共场合和私下场合的所有行为，都没有一个专一的人生目标来指导；而知识分子则不愿采取任何实际行动，一心只想逃离这个世界，到某种人间天堂中生活。”

“同意。”

“那么作为立法者，我们的职责就是迫使最优秀的人才学到我们称之为最高级知识的东西，使他们上升到我们前面描述过的那种善的境界。当他们实现了这个目标，并且有了足够的洞察力时，要防止他们作出如今尚被允许的那些行为。”

“你这是什么意思？”

“我的意思是说他们会滞留在上面的世界里，拒绝再次回到下面洞穴里那些囚徒的身边，无论大事小事，都拒绝分担他们的劳动，拒绝分享他们的奖赏。”

“不过，”他抗议道，“这确实不公平。我们在强迫他们过一种比原先更差的生活。”

“我们立法的目的，”我再次提醒他说，“不是社会中某个特定阶层，而是整个社会享有的特殊福利；通过劝说或强制手段，让全体公民团结起来，一同分享每一个个体对社会提供的利益；培养这种态度的目的在于，不要让人们各自为战，而是让每个人都成为整个链上的一环。”

“你说得对；我把这茬忘了。”他说。

“那么，格老孔，”我接着说，“你也看到了，我们不应该不公平地对待我们的哲学家。可是，当我们要求他们对别人进行某种照顾和承担某种责任时，其实我们提的这些要求是相当公平的。我们应当告诉他们，出生在其他国家的哲学家是有理由拒绝参加辛苦的政治工作的，因为这些哲学家是完全自发产生的，或是在无意当中产生的。只有那些完全靠自己成长起来的事物，才会有这种感觉。它们不欠任何人的情，也不需要报答养育之恩。‘但是，’我们会说，‘我们为了你自己，也为了整个社会，而把你培养成了领导者和蜂巢里的蜂王；你受到了比其他人更好和更完整的教育，更有资格把哲学和政治实践相结合。因此，你们必须轮流下到洞穴里，和你的同伴一起生活，并养成在黑暗中观察的习惯；一旦你的习惯养成了，你的观察能力就会比他们好上一千倍。你能够区分不同的阴影，知道它们是什么东西的阴影，因为你已经看过了美好、公正和至善东西的真相。所以说我们的国家和你们的国家，对他们的影子战斗及被他们视为无比荣耀的政治权力争夺战，保持着真正的清醒，而不是像当今大多数社会那样仅仅生活在梦想之中。事实完全不同：由最不热心掌权的人治理的国家，其政府必定是最好的和最平和的政府，而由渴望权力的人统治的国家，其政府必定是最差的政府。'”

“我非常同意。”

“那么，我们的学生在听到了我们这番话以后，会不会表示异议，并拒绝分担他们在政府中的重任呢？尽管他们大部分时间其实都是在上面纯洁的世界中度过的。”

“他们不会拒绝，因为我们是向正义的人提出正义的要求。不过，当然了，他们会把治理国家当成无法回避的义务，这一点与现在的统治者不同。”

“是的，当然。”我表示同意，“事实上，你必须为未来的统治者找到一种他们喜欢的、比治理国家更好的生活方式，只有这样，国家才可能治理良好；

只有到那个时候，政府才是由真正富有的人来统治。他们的富有不是用金子堆砌出来的，而是至善和理性的生活所带来的真正幸福。如果你找的都是些生活贫困、连个人需求都无法满足的人处理公共事务，这些人希望从政治生涯中捞取好处，来弥补自身的不富足，他们永远都不可能治理好国家。他们开始争权夺利，随之而来的内部冲突和国内冲突会毁掉他们自己和整个社会的。”

“你说得真对。”

“真正的哲学生活方式会蔑视政治权力地位。除此之外，还有其他什么生活方式吗？”

“没有其他方式。”

“不过，我们希望得到权力的人只能是那些不喜欢权力的人，否则，就会出现权力相争。”

“那是肯定的。”

“他们最懂治国方略，有着其他形式的满足，生活也过得比政客们更充实。除了这些人之外，你还能强迫谁去担当国家守护者的职责呢？”

“没有别的什么人了。”

伟大的思想

GREAT IDEAS

这些人终生都在一起度过，

但仍说不出想从彼此那里得到什么。

ISBN 978-7-5001-6041-0

定价：216.00 元（全 8 册）